新潮文庫

私という小説家の作り方

大江健三郎著

JN263380

目次

私という小説家の作り方

一章　しずくのなかに／別の世界がある

1

私の書いたもので最初に活字になった言葉は、もう記憶にあるだけだが、四行の「詩」のかたちをしていた。敗戦直後の、中国・四国地方を販路とした国語教育のパンフレットのようなものにまで調査の手をひろげる研究者がいたなら、この「詩」は見つけられるかも知れない。

　そして、私の記憶が確かなものでない以上、おおいにありうることだが、実際に調査した人から、印刷されていたものと引用がちがう、という指摘があれば、幼い私が送られてきたパンフレットを見て、新制中学校の教師か編集者によって自作が添削されていることに憤然とした思い出がある、ともいっておきたい。こちらが希望するのでもないのに行われる、こうした添削による凡庸化が、いかに自尊心のある少年詩人たちを傷つけ、かれらをして詩や作文に嫌悪《けんお》感《かん》を持たしめることか。添削者が、その根拠をよく知り、もとめられれば説明しうるのでもなければ、かれのやっていることは犯罪である。

雨のしずくに
景色が映っている
しずくのなかに
別の世界がある

私よりほかにもこのような発想の「詩」を書いた、それももっとたくみに、もっと個性のしるしをきざんで書いた少年は、数多いことだろう。自分の詩の才能に私が早く見きりをつけたのは正しかったのだ。ただ、この「詩」が私にとって忘れがたいのは、そこに少年時の自分の現実に対する態度の、あえていうなら世界観の、原型が示されているように思うからだ。事実、私はこの「詩」を作ってから半世紀にもわたって、しずくのなかの別の世界を——そこには自分のいるこの世界が映っている、という自覚もある——、文章に書き続けることになった。

いまも少年時の自分をリアルに思い描こうとすると、雨に濡《ぬ》れて匂《にお》い立つ柿《かき》の枝に顔を近づけて、葉にたまっているしずくを見つめている姿が浮んでくる。茫然《ぼうぜん》と沈黙している子供。むしろ日頃の私はおしゃべりで、それは村の子供らの社会で時に疎外《そがい》される要因ですらあったのに……

さて、柿の枝と書きながら、私はまさに具体的に、特定の柿の木を蘇《よみがえ》らせているのである。私の家の脇《わき》を街道筋から川に向けて降りて行く、丸石を粗く敷きならべた小さな坂道。セダワと呼ぶそこを、雨が降り続けばすぐ川が氾濫《はんらん》して流れの底になる狭い畑まで降りた、とっつきにある背の低い柿の木。

その老木の、しかしみずみずしい若さの青葉の季節であったことも記憶にあきらかであるけれど、私は淡緑の柔らかな葉むらを見つめて、ひとつの発見をした。そしてその発見は、私の生涯《しょうがい》にわたって、自然の見方に影響をあたえるほどのものだったのである。

この朝、日頃になく早く起き出すと、東の森の上からの直接の陽光のみならず、川面《かわも》からの照り返しもあわせて黄金色の大気のなかの柿の葉を見に降りて行った。いま思うことだが、当時の私は、谷間の風景と人物と出来事をあきあきするほどありふれたものに感じていて、身の周りにあったものに、黄金色のというような形容詞をあてることなど思いつきもしなかったものだ……

ともかく私は、朝陽が露を輝やかせる柿の葉を見にセダワを降りて行ったのだが、それには特別な理由があった。前の日の夜、私は国民学校の校庭のはずれの、草が生い茂っている一劃《いっかく》に張った幕に映される映画を見ていた。戦争のニュースと漫画、そしてそれに続く、誰もまともな関心はよせない「文化映画」。理科の学習用に作られたその短篇映画のひとつのシーンに、花をつけた桜の枝がクローズ・アップされた。そして、一瞬、私は惹《ひ》きつけられたのだ。小枝の総体が、そして花房が葉が、小きざみに震え続けて、静まる時がない……

それも私は、映画を見ながら、こういうことはない、と反撥《はんぱつ》していたのだった。シーンが草原を遠景としてとらえるのを見ても、とくに風が強い日の情景ではないようなのだ。これは、花や葉を映画に撮っていることを――つまり幻燈の、静止した写真ではないことを――示すために、撮影助手なりなんなりがわざわざ揺さぶっているのだろう。しかし私も確信を持つというまでにはいたらず、幾らか心に引っかかるところがあったのである。

そこで翌朝、学校に行くにも早すぎる時間に私は陽の光に照される柿の枝を、すぐまぢかから、つまり昨夜の映画の、カメラの距離から注視したのだ。柿の若葉は、際限なく揺れていた！　自分の頬には風の気配をまったく感じなかったのに……

いわば悔いあらためた者のように、それからの私は、自分の生活圏の樹木と草の細部を、眼をすえるようにして見つめる慣《なら》いとなった。私が見るたびに、樹木の小枝は揺らぎ、草の葉は揺れていた。なにひとつ本当に静止してはいなかった。それまで自分が自然のなかの事物の細部をまともに観察してはいなかったことに、私は驚きをこめて気づくことを繰りかえした。私はこれまで自分をとり囲んでいるこれだけの樹木と草を、じつは見ていなかった！　映画のカメラによってそれを思い知らされるまで、十重二十重に樹木にとり囲まれ、草を踏むことなしにはわずかに歩くこともできぬ土地に生きてきながら、なにも見ていなかった……

誇張なしにいいうると思うのだが、私はこの経験から、自分の生き方の様式がすっかり変ってしまうほどの影響を受けた。あきらかに私は、小きざみに揺れる柿の葉を手がかりにして、谷間を囲む森全体を発見していた。それは、こちらがいつもよく見ていないければ、すべてがなんでもないもの、つまりは死んだものだった。そうである以上、いまや私は樹木を草を注視しないではいられなかった。そこで私は、いつもボンヤリと周囲に気をとられている子供として、国民学校の校長に目をつけられ、毎日のように殴りつけられることになった。それでも私は自分の生き方の新しい習慣を変える気はなく、そしてこれはもう戦後になってのことだが、雨のしずくを見つめてすごしたある時間の後、自分にとって生涯はじめての「詩」を書くことになったのだった。

2

戦時中、村祭りも盆踊りも――それが官によって禁止されていたのか、民衆によって自粛されていたのかを知らないが――行われなかったから、次の記憶は戦後のものだったことがあきらかである。盆踊りの拍子をとる歌のなかのひとつに、私は惹きつけられた。レコードを使用するのでもなければ、ラジオをつうじて流布《るふ》しているものを素人《しろうと》がマイクで歌うのでもないそれの、子供の私にはまったくなじみのないリズムの音頭《おんど》が印象に強かったのだ。日頃はいかにも目立たず、鬱屈《うっくつ》したふうにうつむいて街道筋を通り過ぎてゆく初老の農夫が――といっても、あの時代の農村での早い老《ふ》け込み方を思うと、かれはまだ四十代であっただろう――屋台に上って歌声をあげた音頭に、私は興味をそそられたのである。

理由はあきらかで、オコフクという名が繰りかえし聞きとられたからだった。それは父親と前後して戦中に死んだ祖母が、離れの自室で切子細工のグラスから赤玉ポートワインを飲んでは、私に話した物語の登場人物であったから。ストーリーが断片的であるだけに、その間隙《かんげき》を埋める想像力を刺戟《しげき》した、この地方の一揆譚《いっきたん》の、どうにもならぬ無法者で、かつ愛嬌《あいきょう》のある、私が後に出会った言葉でいえばトリックスター、オコフク。

盆踊りの翌日、私は街道に面している家の前で、「在」から出てくる昨夜の歌い手を待ち受けた。そしてあいかわらずうつむいて歩いてくる農夫を見つけると、声をかけても止まってくれはしなかったから、かれの脇について歩きながら、オコフクの歌のことを質問した。はじめはいぶかしそうな眼で見おろされ、はかばかしい返事もかえされなかったが、父の生前、かれが三椏《みつまた》の樹皮や栗《くり》――私の家ではそれらを山産物と呼んでいた――を納めに来るひとりであったことが幸いしたのだったろう。そのうち、かれの歌った文句が「口説き」のひとつであり、この谷間の人間の創作であることを教えられた。さらには、村役場に「口説き」の歌詞を印刷したものが残っているかも知れない。十年ほど前に――ということは、戦前に、ということだ――そういう種類の調査をする人がいて、自分らの協力した小冊子があったから……

　そこで夢中になって走り廻った私は、ついにそのガリ版刷りを見つけ出したのである！　読みにくい上に、辞書を引いてもわからぬ言い廻しにみちた「口説き」は、確かにオコフクを首謀者とする一揆を、この地方の騒動として物語っていた。しかしその物語の内容のいかに貧弱なものであったことか。子供心に、私は、そういう繰りかえしばかりの短い文章が、曲までつけてあのように歌われることを、むしろ自分の地方の、文化的な低さ、狭さということとして感じたものだ。その索然とした気分を、いまもはっきり思い出すことができる。

考えてみれば、維新前後に二度の一揆が行われ、酷《むご》たらしく征圧された土地で、その参加者らの身内の裔《すえ》が、事実にもとづくキー・ワードを結んだ「口説き」を太鼓のリズムで歌い踊ることによって、近い先祖の情動の昂揚《こうよう》を追体験しえた、ということも納得できる気がするのだが……

しかしともかく敗戦の年かその翌年の秋のはじめ、広場で盆踊りを踊る、たいていが戦場からあるいは兵営から帰還した若者たちと、かれらを迎えた娘らの誰ひとり、オコフクの一揆に連なる昂揚をあらわしている、というふうではなかったのだ。続いての盆踊りには、レコードとスピーカーの装置が改良されたこともあり、肉声でオコフクの「口説き」を歌う農夫が屋台の上に見出《みいだ》されることはなくなった。ところが、谷間と「在」とをふくめてただひとり、このオコフクの「口説き」と一揆の昔話に心の奥底の柔らかいところを傷つけられてしまった少年がいたのだ。すなわち、私自身が！

しかもその私は、小冊子によって意味を確かめた「口説き」での、オコフクの物語られ方に不満をいだいたのである。もっとも、小冊子の記録している「口説き」はどれも同じふうであったから、その形式による表現はたいていこういうものであるのに、私がそれを当のオコフクの「口説き」ひとつの欠陥として責をおわせていたのにすぎないのかも知れないが……

ともかくも、私に不満に思われたことをいまの自分の言葉で記せば、こういうことになる。「口説き」は、まずオコフクの名前の由来がかれのアイデンティティーの証明として語られる前半と、一揆のハイライトが活人画のように静的な印象で示される後半との、二部構成だった。そしてオコフクがどのように叛逆者《はんぎゃく》として生成発展をとげ、行動のなかで転機を迎え、集団の指導者として決定的な悲劇におちいるかという、物語としての語りはなかったのだ。

ところが祖母のオコフクの話はさらに断片的であったのに、しっかり物語のトーンをそなえていたのである。しかもそれは、私らの土地の様ざまに具体的な固有名を、跳び石を跳ぶように示して展開した。オコフクのほかにも、こちらには小さな役柄の滑稽《こっけい》な人物が次つぎに現われた。また、それらの人物の末裔《まつえい》は、いま現にこの村のあの家に住んでいる人、と名指されるのであった。

そこで私には、映画か芝居を見ているように——私の読んでいた童話や小説には、こういう筋立てのものはなかった——、オコフクという無法者がどのように誕生し、どういう経験をかさね、それが社会風潮とどのようにオーヴァラップし、ついに一揆の前衛の役割を担《にな》わせられ、潰滅《かいめつ》にあたって典型的な犠牲者となってゆく、その過程を辿《たど》って

「口説き」が物語らないのが不満だったのだと思う。

これもいまになって考えることだが、神話的なヒーローの物語り方としては、その名前の由来と、かれの生涯のもっとも象徴的な一瞬の提示という「口説き」のやり方は、むしろティピカルなものといいうるかも知れない。ところが当時の私は、物語の語り方にこそもっとも魅力を感じていたのだ。それがあって、あのように不満を感じながらもオコフクの「口説き」を記憶にきざんでいるということなのであろう。そしてそれは、あの少年時すでに、私が時間軸にそったオコフクの物語を、自分の語り口で語り始めていたこと、あれから語り続けてきたということであろう。

実際、少年の私はオコフクの物語を聴衆の前で語ったことがある！ ある日のこと、乾かした三椏の真皮の束を内閣印刷局への運搬用に——局紙という明治以来の言葉の由来をなすその官庁に、三椏による製紙の原料を私の家は納めていた——成形する小工場の前の陽だまりで、私は妹や弟をふくむ年下の子供たちにオコフクの物語をした。それは祖母の話と「口説き」にもとづく歴史的な裏づけとをつきまぜて、あらためて自分に納得できる時間の流れに乗せたものだった。話は聴き手たちに熱狂といってすらいい気分をかもしだした。悲劇的な大筋の話にも、滑稽な役割を小さく担う人物たちの点描が効果をあげるのを私は実感した……

翌日も、私はオコフクの話の続きを聴きに集まってくる子供たちのことを思って勇んでいた——一揆は二度にわたったから、話すべきことはいくらもあった——。おそらく春休みか夏休みのことだったのだろう。ところが、昨日あのように面白がった連中が、あらためてやって来ることはなく、妹や弟も、私から声をかけられるのを避けているかのようだったのである。

このようにして私の物語が谷間の村で大衆的な人気を博した一日は終った。それから、あの熱狂がこの土地でよみがえることは、私のいかなる物語によってもないままに、今日にいたっているのである。

3

私が本当に自分の身のまわりの事物に——それはすぐさま森のなかの谷間の、またそこを囲む森から、はるかに望む山襞《やまひだ》の重なりの高みの事物のすべてに、ということになっていったが——眼を開かれたのは、あの文化映画に呼び起された疑問を、翌朝、畑のへりの柿の木の葉をつうじて解きあかされた時だった。それは私の人生の時にしばしば現われなかった、特権的な瞬間だった。しかも、それによってかちとった地点から私が逆行することはなかったのだ。つまり、じつはなにも見ていない見方で、植物なり風景なりを見るようになる、ということはもう決してなかった。

もっとも、あの映画のカメラに収められた植物を介しての発見より以前、私が谷間の村の事物をよく見ていなかったことは確かだけれど、私はそれらの事物と疎遠な仲であったのか？　あきらかにそうではなかった。いわば卵の殻のなかでそれらと共生していたかのようで、私の自我の輪郭は事物の輪郭とにじみあっていたように思う。そこで私は対象として事物をよく見るまでもなく、それらをよく知っており、あらためてはっきりそれらを見る必要を感じなかったのだ。ところが殻のなかに外部からの風が吹き込んで、事物と私の間にすきまを作った。私とそれらの事物とのにじみあっていた輪郭は縮んで、それぞれにくっきりと堅固になった。この分離作用のきっかけが、森の外から来た異物としての機械、つまり映画のカメラであったことは、象徴的であると思う。

私が祖母から歌のように聞いていたオコフクの物語を、あらためて広場の暗がりで「口説き」として聴き、ガリ版であれ印刷されたものを読みとることもして、それにもとづき自分でも語ることとなった一連の経験。それは言葉と私との新しい関係の樹立——言葉の新しい機能の発見——であった。そのことを、いま小説家として生きることをかさねた上での老年の入口で、ウェールズの詩人R・S・トーマスの、夢の土地アバークワグについて語った名高い講演の一節にあらためて私は読みとる。（R. S. Thomas

"Selected Prose" Seren

《言語学の分野での新しい理論のひとつに、言葉によってこそ、事実はそれら自身、秩序づけられ変化させられる、というものがある。人生のコースを定めるのは、かならずしも事実ではなく、言葉なのだ。そして言葉の持つこの不思議な力のひとつの例が、神話である――つまり、ありふれた特色のない事実よりもっと直接的な仕方で人に真実をつたえる、形象やシンボルを作り出す人間の能力である。この能力をなんと名づければよいだろうか？　多くの者たちにとって、それは想像力である。しかし危険なのは、きわめて多くの者たちにとって、想像力が、真実でないことをいうという事と同義的であることだ。その本当の意味を理解するためには、人はイギリスの詩人・批評家コールリッヂの仕事を知らねばならない。》

ここでR・S・トーマスがいっている、多くの人びとが想像力と本当でないことをいう事とを混同してしまう、という危険な事実についてなら、私はとくにその危険さについて、経験をつうじて胆《きも》に銘じている。それは森のなかの谷間の村の、幼い小説家の、受難の物語だ。

私が少年として体験した時代は、まったくダイナミックに生活の雰囲気の変る、不思議な流動の局面だった。幼年時には、国家はもとより都市もまた、私らの生活環境とは無縁だった——それは幼年の自分にそう感じられていた、というのみではなかった——。ニイチェ式にいえば、現在時から無限にひろがる過去の時、ごくゆっくり移り変って来た歴史がいまなお生きている、そのような雰囲気のなかで、そして未来にひろがる無限の時においてもその雰囲気はたいして変化することはあるまいと感じられる、ゆったりした気分において——自分はいつまでも幼児のままだろう、という気がしていたものだ——離れの狭い部屋の居心地の良い空間で、切子細工のなかで永遠に光っているようなポートワインの色を眺めながら、祖母の話す「オコフク」の話にうっとりと聞きほれていた。

それはいまにつながるわずか前に起ったこと、やはりいまにつながる明日か明後日にもまた行われること——もう一度、というのではなくて、神話的な一回性とでもいうか、一度きり起ることでありながら、無限回起ることである——の意味を自然に感じとっているようであったと思う。むしろ、祖母の物語の言葉によって、いまそれが一度きりの出来事として現に行われている、と感じていた。しかもそれはじつに深ぶかと懐《なつ》かしく、物語の「オコフク」を中心とする登場人物たちのいずれをも私はよく知っていた。しかもそれは、カメラの比喩《ひゆ》でいえば、クローズ・アップして人物の間近から見まもっているようであり、川上の大竹藪《たけやぶ》から一揆が竹槍《たけやり》を伐《き》り出すシーンは、谷間を囲む山腹から望遠レンズで俯瞰《ふかん》しているようでもあったのだ。後の方のシーンについては、ずいぶん後まで、かつて実際に見た情景を思い出すように夢に見ることがあった。

　私は太平洋戦争が始まる年に、国民学校に入った。私の話す「オコフク」の話は、あの三椏を束にしてかためる工場の前での成功より他は、同級生からも先生からも、ウソとして排された。ウソ⁉　ウソとはこの身のまわりの現実にある日常的な出来事について、事実とは逆のことを話すことではないか？　私は茫然《ぼうぜん》としたものだ。そもそもの初めから、私が話しているのはこの現実とは無関係な言葉なのだ。事実とはすっかり別の、それらの言葉のつむぎ出す物語、神話こそが問題であるのに。その細部をいちいちいま現在の事実と照し合せてなんになる？　しかし私とともに言葉の楽しみ、想像力の喜びをあじわってくれる同級生も先生もいず、私はウソをいう子供として孤立するのみであったのだ。もっとも、それに私が懲《こ》りて黙りがちな子供になったかというと、そうではなかった。いつまでも私は新しい聞き手を探しもとめて落着かない子供であったのだ。

　そして、事実、新しい聞き手となりうるはずの人びとが次つぎに私の生活環境に出現することがあった。森のなかの谷間においては、あの時代こそが唯一《ゆいいつ》それを可能とした、というべき出来事だったのだが。私は谷間にできた新制中学に進むと、そこで山間部つまり私の母の呼び方にならえば「在」から出て来た同級生たちに性懲りなく祖母からつたえ聞いた神話を話し、いったいなぜそういう事実にもとづかない話をするのかわからないという、断乎《だんこ》たる拒否の態度でむくいられた。

それにくらべれば、戦争の末期、村に疎開《そかい》して来た都会の子供たちによる、未開の種族のホラ話を聞きとってやるという態度の方が、むしろ許容的だったと思いなされたほどなのだった。

地方都市での高校生活、そして東京での大学生活へと、私はすでにそれが受け入れられぬと知っていながら、新しい環境に到《いた》るたびに、どうしても祖母や母親から受けついだ森のなかの谷間の神話について話さないではいられず、どこでも風変りな滑稽さのおしゃべり男という受けとめ方で遇された。そのおかげで、後に外国での会議なりセミナーなりで新しい知り合いたちと共同生活をすることになっても、私はそこで積極的に受容されているという気持こそ持たないけれど、なじみのない疎外感に悩まされることはなかったのである。

4

いま思いかえしてみると、決して聞き手から受け入れられない、祖母や母をつうじて聞き覚えた奇態な神話を饒舌《じょうぜつ》に話しつづける少年、青年にとって、そのような日々の暮しが鬱屈《うっくつ》をもたらさなかったはずはない。それでも決してへこたれぬ、のんびりした若者でありえたのは、もうひとつの世界が私のなかに色濃い影を落していたからだったろう。つまり私には、色濃いリアリティーのある、想像力的な確信があったのだ。《しずくのなかに／別の世界がある》

確かに私は柿《かき》の葉にたまった雨のしずくを長い時間にわたってじっと見つめている少年だった。とくに新制中学から高校へかけて、私は物理学をやりたいと考える——自分は理科系の人間だと信じたがっている——少年であったけれども、揺れる柿の葉、もうひとつの世界をうつすしずくの観察は、理科の学習というより、むしろ文科系の想像力の訓練に属するものだった。私はかぎりなく夢想した。やはりその頃から、私は読書に多くの時間をさくようになっていたが、読み手としての自分の致命的な欠陥と自覚されていたのは、三行か四行かを読み進むだけですぐ夢想に入り込んでしまうタイプであることだった。

それも、小説を読んでいて物語や人物像に空想を誘われ、ということのみではなかった。読む本が生物学の読物であれ啓蒙《けいもう》的な天文学史であれ、私はそのなかの言葉ひとつをきっかけにして、祖母に話を聞かされ、またその背景を実証するために森のなかに入り込んで調べもした、土地の神話の世界に戻ってしまった。言葉が、私を現実から引きずりあげて、想像力の世界に追放したのだ……

それも自分の頭の火照《ほて》りのなかで連鎖反応を起し、次つぎにつむぎ出される言葉を追っているうちは安全であるけれど、いったんそれを他の人間に向けて口に出すと、性懲りないウソつき男として、私はしだいにあらわな人格的非難の餌食《えじき》となった。そして私は、それらの想像の言葉を紙に書きつけること、あるいは印刷された言葉をつうじて出会う同じような話の聞き手となることへと、ほとんど追いつめられる仕方で、押し出されて行ったのである。

二章　ぢやあ、よろしい、僕は地獄に行かう

1

外国語を学ぶ目的は、まず自分とはちがう国語の人間と話すために、ということであるだろう。ところが村にできた新制中学で英語を習いはじめた時、私にはそのような相手、つまり外国人に出会う可能性はなかった。隣町で高校の一年を終えて松山に転校して行くと、直接アメリカ人と英語で話すことをめざすサークルがあって、そこに所属している優等生たちは意気盛んだった。ところが私はかれらを軽薄に感じた。

なぜ自分が反感を持ったか？　その根を辿《たど》ると、森のなかの谷間の子供にとっての戦後の出現の、その表層こそ明瞭《めいりよう》であったけれども、いったん深みをさぐれば複雑だった内情が照明をあたえられる。この反感の動機づけとして、そもそもの最初にこうしたことがあったのだ。もう幾度となく書いてきたことなので、簡単にふれるにとどめるけれど。

それまで神であった天皇の声がラジオで敗戦を告げた日、またその直後の数日間ほど

の間、私らの森のなかにも悲壮なほどの緊張感があったのは事実。しかし連合軍の兵士、端的にはアメリカ兵たちが進駐して来るとなると、その根幹に恐怖心は残っていたものの、物見高いような期待の念が浸透するのも早かったのだ。

まだ敗戦の日から一週間たっていなかっただろう、戦時中は村で一番の軍国主義の鼓吹者だった教頭が――私がいまもその顔を思い出すことのできる国民学校の教師は、つねづね私を殴った校長と教頭のみだ――全校児童を運動場に集めて、ハロー！と叫ぶ練習をさせた。とにかく新しいことをやろうとする人間の、喜ばしげな表情と羞《は》ず》かしそうな身ぶりを示しながら。明日か明後日、進駐軍の兵士がジープというものに乗って谷間へ登って来る。ハロー！と大声に叫んで、お迎えしよう。

このようにして始まった私らの土地への英語の導入に、たとえ子供だとしても素直に乗ってゆくことができなかったのは、むしろ当然だっただろうではないか？　すぐにも村には新制中学が作られて、“Jack and Betty”というシリーズの教科書による英語教育が行われることになった。そしてその教室においても、私にはあのハロー！練習の感情のなごりがあって、教師に素直になれないことが自覚されていたのである。

ところが、一方で、私には自分の知らない言葉への強いあこがれがあるのだった。偶然耳にした、しかもおそらく一生それを学ぶことがないはずの外国語の、カケラのような語句が忘れられない性分だったのだ。加えて私には外国語の書物から訳された子供向きの本への深い愛着があり、それが訳される前に書かれていた言葉へのあこがれはさらに深くあった。私の外国語との——まずは英語との——出会いは、そのようにもネジレをそなえたものだったのである。

こうした言い方と矛盾するようだが、私と英語との幸福な出会いも確かにあった。あらゆる幸福な出会いがそうであるように、わずかなものであれ見逃せない不幸もふくみ込んでいたけれども。いまになってはこれも戦後すぐの全国にあった、新しい教育的気運の一環だったと思いなされるが、私はいかにも実質的なテューター役の青年にめぐりあったのである。結核を病んで谷間に戻って来た間に敗戦によって母校が消滅してしまった、旅順の旧制高校生だったその人に、私は天文学と科学史の啓蒙《けいもう》的な本一抱えとともに、研究社の対訳叢書《そうしよ》の数冊と一番薄いコンサイスの辞書とをもらった。

一番薄いとはいえ、英語の辞書は当時貴重品だった。裸で狼の群れのなかに、という言いまわしがあるが、もしそのインディアン・ペーパーの本が谷間の大人たちの眼にふれてしまえば、すぐにも幾本もの荒あらしい腕が伸びて、手製の煙草《たばこ》を作るために召し上げられてしまったことだろう。

野尻抱影や山本一清の星の本とももども、谷間の地形がモデルをなす水平軸——狭く限られているとしても――から、およそ限りのない垂直軸への展開に私の想像力をみちびくものとして、『時間・空間をつらぬいて』という邦訳タイトルの本があった。また後にその未来小説を愛読することになるオルダス・ハックスリーの兄ジュリアンの書いた蟻《あり》の本があったりもした。

それらと別の仕方で、しかしおなじく大切だったのが英和対訳の小型本で、ラムやギッシングといった名前がすぐ思い出される。さらに奇妙なアンビヴァレントの印象がからんでいるのが、『不思議の国のアリス』。その挿画はやがてブレイクやディケンズのためのクルーイックシャンクのものにつながる、イギリスの製版技術への私の嗜好《しこう》のみなもととなった。また、単に愛らしく善良なばかりではない、むしろおおいに歪《ゆが》み、ひずみを持つ登場人物たちに魅《ひ》きつけられた。子供の限られた能力なりに、日本語訳を読み、原文を読みして――あわせて記述こそ簡単ではあるが項目の数は多い脚註を読むことも楽しみ、いまもコメンタリーへの愛着は続いている――私は一度ならず通読したはず。しかし、私がルイス・キャロルを愛好することにはならなかった。その理由は、『不思議の国のアリス』という作品に、都会の中流・上流階級のもの、という印象をかぎつけたからであったと思う。この作品に深く影響づけられていることのあきらかな安部公房は医学者の父を持ち、母は小説を刊行したこともある、そのような家庭の出身である。

宮澤賢治を愛読する人についても同じで——いまの私は近代・現代日本文学の最上のものに賢治の作品をあげることをためらわないが——、私とほぼ同年輩で、幼少年時に賢治に深くなじんだ、という人に出会うたびに、私はかれら彼女らが、都会の中産階級の教育のある家庭に育った人たちであるはずだと思う。

さてこのようにして、おもに独学で英語の本を読む習慣をあたえてくれた青年は、確かに大きい幸福をもたらした師匠だった。しかしこの青年が新制中学に英語の臨時教師としてやとわれ、私のクラスの担任になった時、問題が生じた。かれは、一年の全学期を使って発音記号を教えたのである。いまも私は辞書の発音記号について知識としては詳細に知っているけれども、それを具体的に生きた人間の肉声としてどう発音するかは、ほとんどなにも知らないようなものだ。

しかも、教室でそういうかたよった初等教育を受けながら、一方で私は小さな辞書をたよりに、対訳の叢書の本を読んでいたのである。『不思議の国のアリス』にとどまらず、幾冊も。そういうわけで、私は松山の高校に転校した時、紙の上の知識としての発音記号について自分の知識に遠く及ばず、一冊の英語の本も読み通したことのない優等生たちが、修学旅行で、当時はすでに占領軍と呼ばれていたGIに声をかけたという自慢話をするのを聞くと、かれらを軽薄に感じないではいなかったのである。私は、リーダーからひとつの単語、一行の文章を示されれば、それがたとえば∫かsかθかといった、どのような音のつらなりであるかを正確に書くことができた。しかもその一音なりと、アメリカ人なりイギリス人なりがやるように発音することはできなかった。そうであるからこそ丹念に辞書を引いて一冊の本を読んだことのない者らが、英語を話す――英語劇や弁論大会で活躍する――ということを軽薄だと批判して、子供らしく内面のバランスをとっていたのかも知れない。

さて、高校での英語教育とはまた別に、松山には、そのような私の英語への興味の持ち方にとって、やはりまことに幸福な図書館があったのだ。私は幼年時からもっとも強く惹《ひ》きつけられてきた書物『ニルスの不思議な旅』と『ハックルベリー・フィンの冒険』のふたつながら英語の刊本に、そこで出会うことになった。

2

図書館をふくむその施設は、「アメリカ文化情報教育局」のものだった。城山の麓《ふもと》のお堀端にあって、その二階は開架式の広い図書室になっており、ゆったりしたスペースのなかに上質のテーブルと椅子《いす》があった。高校の生徒らの一団がそこに通っていたのは――私らは市街の中心を東から西へ横切るように歩いて、つまり市電の費用を節約しながら出かけた——、恵まれた空間で大学の入試準備をするためだった。私も初めはその目的で行くようになったのだが、そのうち自分だけのもうひとつの目的を見出《みいだ》したのである。それまで邦訳で読んできた、それも時には粗雑な抄訳で読んできた本の、幾冊もの英語版があるのを、図書館に通うたびに十数ページずつ読んでゆくこと。

図書館を受験勉強の場所に選んで誘ってくれた同級生たちは、みな飛び切りの優等生で、文学に興味を持つ者たちはいず、私のひそかな読書に介入してくる連中はなかった。かれらは、私がたとえば『ハックルベリー・フィンの冒険』の、いまから考えればぜいたくな刊本に熱心に見入っているのを、子供らしい振舞いだと見なしていたようだ。ぜいたくな、といえば、「アメリカ文化センター」がいかに鷹揚《おうよう》な監督下に本を選んで日本に送って来ていたか、それについては証拠がある。美術書の棚にタイポグラフィーと特殊印刷の研究書の豪華なものがあり、巻末にミロやベン・シャーンの版画が、それもしっかり鉛筆のサインのあるものが綴《と》じ込まれていたのである。

ある時、私はやはりしばしば通っていた古書店で、店主が本を売りに来た常連と「アメリカ文化センター」から画集を盗み出して来る話をしているのを聞き、すぐさまセンターに引き返して、さきの大きい本を機械工学や医学の大型本の並ぶ棚に移した。米軍施設からのカッパライというようなことが、まだ英雄的なニュアンスで広言されている時代だった。私はあのように美しく品の良いものが、日本人によって盗まれるのは不当だと感じたのだった。アメリカ人によってならいい、とも思わなかったけれど。

さて、優等生たちがあからさまに私の熱中を滑稽視《こっけいし》していたのも自然なこと、私が任意の英語の本の一冊を読みとおす語学力を持っているのではなかった。ところが私には、戦時から敗戦後にかけての書物の少なかった時期に繰りかえし読んだ幾冊かの本があり、それらをよく記憶していた。とくにほとんどまるごと暗記しているものとして『ハックルベリー・フィンの冒険』と『ニルスの不思議な旅』の二冊があったのである。セルマ・ラーゲルレーフの邦訳はじつに大量に省略してある版だったことがすぐにわかったが、それでも欠けていたところは辞書を引きながら読み進むことができた。マーク・トウエインの方は、私がそれを読んでいる脇《わき》から勝手に取り上げて表紙を見る優等生から、こういう児童書を読んでいるのかと優越感のこもった微笑をむけられたりしたものだが、当の訳文をそらんじているにもかかわらず厄介な英語と高度な物語り方を身にしみて承知している私は傷つかずに受け流すことができた。

それというのも、当の本の翻訳のとくにくっきりと心にきざまれていた箇所に、原文においてめぐりあった際の喜びは、いかにも深いものであったから。私はすぐさまそのページをはじめ、幾つものページをノートに写し取り、今度は原文で暗記しなおしたものだ。いまも覚えているままにそれを左に書きつけるのだが、はじめの短い文章は、ハックが逃亡した奴隷《どれい》として友達のジムを持主のワトソンさんに報告する手紙を書いた、直後の感想。もうひとつは、友達を裏切らぬよう、手紙を破り棄《す》てる決心をする箇所と、続いてのその実行のくだり。

"I felt good and all washed clean of sin for the first time I had ever felt so in my life, and I knowed I could pray now."

私はアメリカ人の子供がこんなふうに動詞の活用を間違えるのを面白く感じたし――同時に、教養のある作者が、わざわざそのように書いているのだ、という認識もあったように思う――、ここでのハックの心の状態は一時的なもので、すぐさま引っくり返されるはずと知っていながら、心がきれいになって今は祈ることもできるというハックの考えに惹かれていたのだった。

私がこの翻訳をはじめて読んだのは十歳より前だったことがはっきりしているけれど――つまり、戦争の間のこと――、その時以来この部分を心にきざんでいたことは確かなのである。それにしても、私はどのような罪のことを思い、その汚れを洗いなおすこと、そして祈ることを考えてみる子供だったのだろう？

"It was a close place. I took it up, and held it in my hand. I was a trembling, because

I'd got to decide, forever, betwixt two things, and I knowed it. I studied a minute, sort of holding my breath, and then says to myself:

'All right, then, I'll *go* to hell' ——and tore it up.

It was awful thoughts, and awful words, but they was said. And I let them stay said; and never thought no more about reforming."

私がもっとも永く愛読した、以前の岩波文庫版のこの一節の訳では——そして私はいま自分が子供の時はじめて出会ったのがこの中村為治訳だった、とも考えているのだが、それはまちがいだろうか？——次のようになっていた。

《それは苦しい立場であつた。私はそれを取り上げて、手に持つてゐた。私は震へてゐた。何故といふに私は、永久に、二つのうちのどちらかを取るやうに決めなければならなかつたから。私は、息をこらすやうにして、一分間じつと考へた。それからかう心の中で言ふ。

「ぢやあ、よろしい、僕は地獄に行かう」——さう言つてその紙片《かみきれ》を引き裂いた。

それは恐ろしい考へであり、恐ろしい言葉であつた。だが私はさう言つたのだ。そしてさう言つたままにしてゐるのだ。そしてそれを変へようなどとは一度だつて思つたことがないのだ。》

3

このように『ハックルベリー・フィンの冒険』のことを思い出しても、私の外国語との関係には、ふたつの特徴があったのはあきらかである。そのひとつは、外国語の一節を読みとるなり耳にするなりして惹きつけられると、ノートにとるか、翻訳があれば自分の持っている版の余白にそれを書き写して、まるごと覚えてしまおうとする人間であったこと。

直接の理由は、地方に住んでいる中学生あるいは高校生に原書がたやすく手に入る時代でなかったことだ。さらに当の原書がどのようなものであるか見当もつかぬまま、耳にし眼にした分だけでも、なんとか記憶に確保しておきたいと願うことがあったのだ。実際、外国語の独立した一節を偶然耳にするなり見てとるなりして、その意味がよくわかった、というのでもないのに忘れられない、そういうことが私の人生にはしばしばあった。そして永い時がたつうちに――忘れられない、というとひたすら消極的な話のように聞えるかも知れないけれど、私は意味のよくわからない外国語の一節を書きとって覚えておこうとしたのだから、それなりに積極的な努力もしていたわけだ――やはりなかば偶然その一節をふくむテキストの総体にめぐりあって、あらためて印象づけられることがあった。

　駒場の教養学部図書館で、ウィリアム・ブレイクの預言詩《プロフェシー》の一節を、隣りの席に座った研究者の本を盗み見て読みとった記憶が、時がたってよみがえった経験について、『新しい人よ眼ざめよ』に書いた。もっと幼い時分の、森のなかの谷間の村にいた頃の思い出に残っている外国語のカケラのようなものについて、まったくその記憶全体が茫《ぼう》漠《ばく》としていながら、最近になって、これこそあの正体であったにちがいないと確信される経験もあった。

　祖母と父が相次いで亡《な》くなった年のこと、菩《ぼ》提寺《だいじ》の住職がよく私の家を訪ねて来ていられた。母親の脇でその法話を子供ながら切迫した気持で聞いていたものだが、ある時、住職が、私にはどのような外国語か見当もつかないニルヴァーナという言葉を口にされたのである。あわせてそれが涅槃という漢字で表わされる言葉だともいわれた。私にも涅《ね》槃《はん》という言葉の指している世界はうっすら推し量られるようであったし、とくに母親はこの漢字の意味するところに感銘を受けるふうでもあった。しかし私にはそれら二つの言葉の対照が興味深く——ひとつの意味を表わしているというのに、と——覚え込んだわけなのである。曹洞《そうとう》宗の住職は、このニルヴァーナという言葉には丸みがあるのに、涅槃と漢字で書くと角ばっている、といわれた。それでも漢語の方はカタカナの言葉の方の翻訳であって、同じことを指している、ともいわれて、私はその外国語との関係が面白く感じられたのだ。もっとも、子供の私が母親の脇から乗り出して住職に質問しても、はかばかしい答があたえられるとも思えなかったから黙っていたことも思い出すが……

それが、ついこの間、一冊の本を読んでいて、まさに当の問題点にふれている箇所に出会ったのである。寺田透の最晩年の仕事にあたる、『道元和尚《おしよう》広録』。道元が衆僧に法を説いての一節。《漢字で見ると四角張った言葉だが、梵音《ぼんおん》で言うと丸みのある涅槃《ニルヴァーナ》を口にされたのだ》と寺田さんは訳していられる。原文は、方語圓音《えんおん》唱涅槃。（筑摩書房版）

ああ、これだけ確かな出典があって、永平寺で修行したあの住職がそれを口にしたのか、と嘆息する思いがあるだけで、それによって私のニルヴァーナ理解が深まったわけでもなんでもないが、ともかく私の永年の心のしこりは氷解した。こういう具合に、ひとつの意味を表わす二つの外国語の音のちがいかたちの違いを心から面白く思う子供であったのだ。

もうひとつ、私の外国語の本の読み方として、さきの引用にもあきらかだったはずだが、外国語とそれを訳した日本語とを、眼の前に二つながら広げて、一緒に見てとるように読むことが好きだったことがある。

やはり駒場の教養学部で、フランス文学科への進学がきまってすぐのオリエンテーションに、パスカルの専門家の前田陽一先生が、きみたちフランス語をやる人間は、もうこの言葉の文学を翻訳で読むことはやめよ、といわれた。私はそれにしたがい、同時に、英語の文学についてもそうしたから、本郷に進学してからの、留年もふくめた三年間が、私にとって生まれてから翻訳文学を読んだ数のもっとも少ない時期である。しかも語学力は貧しかったから、毎日八時間は読んだけれど、まことに遅々たる進み行きだったものだ。

学部の教室で出会った優等生たちは、たいていフランス語で読み・フランス語で考えると称していた。日本語に訳読される時間など、じつは軽視していたのではないか？ところが私にとっては、フランス語を読む――英語を読む――ということは、さきにいったとおり、もう一方に日本語での表現を対置してみる、ということにこそ意味があるのだった。私には、フランス語のテキスト――あるいは英語の――と日本語のそれ、そして自分（の言語）という三角形の場に生きていることが、もっとも充実した、知的また感情的な経験なのだった。

私の文学生活には翻訳を出版することはついになかったけれど、それでも、この三角形の磁場にいて、三方向から力の作用する言語活動を生きることが、小説家としての出発を準備したと思う。さらにそれよりもなお根本的に、私にはこの三角形の場が必要なのだった。あれからほぼ四十年後のいまも、毎日午前中はフランス語――あるいは英語――の本と辞書と、傍線のための色鉛筆にあわせて書き込みのための鉛筆を脇に置いて読み始める。これまではしばしばそのようにして午前中に読んだものを、午後からの小説を書く時間に数節訳してみて、それらをきっかけに小説を展開してゆくことがあった。私の作品に外国の詩人や作家、思想家からの引用が多いと批判されることがあるが、それはこういう単純な理由から生じた事態なのである。

4

私はこのようにして永年ほとんど毎日外国語の文章を読んできたけれど、あいかわらずそれを話す能力は貧しい。会議で仲間になる外国の文学者たちに、自分がやはり永らく愛読してきて、多くの行を暗記している詩人の誰かれの作品を口にしようとして、自信を持ってそれができたことはない。そのうち友人となって、こちらの発音の癖を認めてもらってからの談笑の場では、かえって引用の魔とからかわれるくらいによくそれをやることになるけれど。

先だって、三十代から個人的に知っている、ナイジェリア出身のアフリカ大陸で初めてノーベル賞を受けた劇作家・詩人ウォーレ・ショインカが東京に来た。公開討論の会場の同時通訳の装置が壊れて、やむなく英語ですすめることになった後で、レセプションの始まる時間を待つ間二人きりになると、ウォーレは、きみの英語が自分には全部わかるけれど、一体どこのアクセントなのかは皆目わからない、きみはどこの植民地で英語を習った？　と真面目《まじめ》に尋ねてきた。

あらためて私は考えてみる。読む外国語という側面でいえば、私は外国語、日本語そして自分（の言語）という三角形の場所で、他者の言葉を受けとめたり、それに喚起されてこちらの言葉を発しかえしたりという、精神の活動のために読んでいる。話す外国語という側面ではどうだろう？　結局、私の辿《たど》りついた解答は、——私は自分と話すために、外国語を用いている、という不思議なものなのだった。

最初に書いたとおり、外国語の習得は、当然に他者と話すためだ。そうして自分の能力によって使えるかぎりのその言葉で、外国人との間に理解関係を伐《き》り拓《ひら》こうとする。私の経験でも、外国の様ざまな場所でやってきた会議やセミナーで、お互い自分の母国語ではない英語——あるいはフランス語——で共通の陣地、足場を少しずつ固めながら話してゆくと、そのうち思いがけない深さ確かさまで到達できているのが、面白かったものだ。そのようにして開けた友人関係で、さきのショインカとのそれのように、いまに続いているものは幾つもある。

　そうした仕方で、私にも外国語を実際に使って生きてきた経験はそれなりにあるけれど、しかしやはり自分にとってもっとも根本的な外国語の使い方は自分と話すためのものというほかはないのである。だからといって、私が自分に英語――あるいはフランス語――で話しかけ、それに外国語で答えて、という暮しがあるわけではない。ただ私は外国語の重要に感じられる一節を読むと、いつでもそれの日本語による表現のしなおしを試みないではいられない、ということなのだ。加えて、日本語で書いていながら、やはりその一節を明瞭《めいりよう》かつ判然と自分に納得させるために、文章を外国語に置きかえて検討する時を過しているのにも気がつく。

　それについて語のレヴェルでいえば、日本語の表記法における独特な仕組みとしてのルビがじつに有効である。たとえば、ある時期の私は、小説で悲嘆《グリーフ》というルビつきの漢字をよく使ったものだ。喜こべ《リジョイス》、とも。このように表記すると、漢字とルビとの間に相互の定義作用が起って、表現がより深くかつ正確になると感じられた。さらに生きている自分の心のなかで、悲嘆という日本語とgriefという英語が、また、喜こべ、という日本語とrejoiceという英語が、互いに作用をおよぼしあいながら共存している、という実感がある。作品表現においても、実生活においても、想像力的に二つの言語世界からの言葉のダイナミックな合体が行われて、あきらかに第三の意味作用が生じていると思う。

さらに grief という言葉は、私にとってフォークナーの文学世界を背景に担《にな》ってやってきたものであったし、rejoice という言葉は、イェーツの詩の世界に根ざしている。同じことがこのような語のレヴェルにとどまらないで、句、節、文章のひとつのかたまり、……という次つぎのレヴェルにおいて、私を喚起し続けてきたのである。もしかしたら、それこそが、私にとって新しく小説を書くことへの呼び水であったのだ。

三章　ナラティヴ、つまりいかに語るかの問題

1

私の最初の短篇ということになる『奇妙な仕事』を読みかえすたび、「僕」という語り手によっていかにも自然に語りはじめられているのが不思議に感じられる。もしそのことについて尋ねられたなら、ほかの書き方がありうるだろうか、と無邪気に問いかえしそうな様子で、二十二歳のフランス文学科の学生はこう書き起しているのである。

《附属病院の前の広い鋪《ほ》道《どう》を時計台へ向って歩いて行くと急に視界の展《ひら》ける十字路で、若い街路樹のしなやかな梢《こずえ》の連りの向うに建築中の建物の鉄骨がぎしぎし空に突きたっているあたりから数知れない犬の吠《ほ》え声が聞えて来た。風の向きが変るたびに犬の声はひどく激しく盛上り、空へひしめきながらのぼって行くようだったり、遠くで執拗《しつよう》に反響しつづけているようだったりした。

僕は大学への行き帰りにその鋪道を前屈《まえかが》みに歩きながら、十字路へ来るたびに耳を澄した。僕は心の隅で犬の声を期待していたが、まったく聞えない時もあった。どちらに

しても僕はそれらの声をあげる犬の群れに深い関心を持っていたわけではなかった。しかし三月の終りに、学校の掲示板でアルバイト募集の広告を見てから、それらの犬の声は濡《ぬ》れた布のようにしっかり僕の躰《からだ》にまといつき、僕の生活に入りこんで来たのだ。》

いま、私のところにこの短篇の載っている大学新聞が送られてきて、若い作者から、この小説を書いたこと自体、愉快な冗談のようなものだったけれど、それが印刷されてみると、自分にはこれから小説家として生きてゆこうか、という気持もある。ヒントをあたえてもらえないでしょうか、と手紙がそえられていたとしよう。あまり例のないことではあるが、私は、この青年に小説を書いてゆくようすすめる返事をするだろうと思う。このようにして書き始めて一生続けてゆくことは、辛《つら》いことには違いないけれども、まあ、たいていの一生の仕事は辛いものなのだから、元気をだしてやってみてはいかがですか？

その判断の根拠はこうだ。この短篇の「僕」による小説の語り方に無理がなく、たくみですらあるから。そして、実際に二十二歳だった私の方は誰に相談を持ちかけもしなかったが、この短篇が発表された翌月から一月なりと小説を、またはそのためのノートを書かずにすごすということはなく、五十代の終りの『燃えあがる緑の木』まで続けることになったのである。

ところが、この短篇の若い書き手がもらったかも知れない返事の、一生続けてゆくことは、辛いことには違いないけれども、という、その辛さのそもそもの火種は、さきに引用した冒頭の一節にしっかりと仕込まれていたのだった。その「僕」によるナラティヴに。これを、彼があるいは太郎が、ジョンが、ピエールが、と書いていたとしたら、私の小説家としての道程はどんなに自由なものだったろうか？　しかも私の初期短篇の魅力は、自分でいうのは滑稽《こっけい》だが、まずほかならないこの「僕」によるナラティヴにあった、とも感じられる。それにしても、本郷の学部に進学してはじめての春休みにこの短篇を書くことにした私が、ためらうことはなしに「僕」は、と物語り始めたのが、いま考えれば、不思議なことではなかったかと思われるのだ。

これは後になって、外国人の日本文学研究者からしばしば質問されたこと。——あなたの「僕」「ぼく」は、私小説の「私」と同じものですか？　もし自分で英語なりフランス語なりに訳すとするなら、自動的にIあるいはJeにそれが置き換えられますか？

若い頃、私は文芸誌に載る新作の私小説に、例外なく反撥《はんぱつ》していた。しかし、そのうち衰弱しているのはいま現にそれを書いている作家たちであって、大正、昭和前半の作品には私小説としてひとくくりに否定することができないものがあると、それまでの無知を自覚することになった。あらためて発見することをした、秀《すぐ》れた私小説の「私」は、それぞれのなまなましい個性をそなえている、多面的なナラティヴの主体だった。

　私自身、障害を持って生まれた長男をモデルとした短篇、長篇を書くようになってからは、それを語るナラティヴに、あきらかに「僕」「ぼく」を私小説の仕方で用いることをした。そのような子供の出生を描いたそもそもの初めの短篇『空の怪物アグイー』は、「僕」という語り手のナラティヴによるけれど、当の子供を持った人物は第三者であるし、長篇『個人的な体験』のナラティヴは、鳥《バード》という三人称で主人公をとらえて進展してゆく。また、肥った男という奇妙な呼び方の三人称によっての作品もあるが、むしろそれらは例外だったのだ。

　したがって、私がとくに長男との共生を軸にした作品において、それらを私小説に属するものと受けとめられるのは、むしろ当然のことであるだろう。しかし私は、私小説の作家ならば、倫理的な意味あいもこめてウソとして排除するはずの、フィクションを自由にそこに導入した。そもそも、それらの作品の「僕」「ぼく」は、現実生活の私とそのまま重なるとして提示されているのではない。

　それでいて私は、いったん障害のある長男が自分の小説世界に登場すると、かれが物語の背景にしりぞいている作品もふくめ、ほとんどすべての小説を「僕」「ぼく」のナラティヴで書いてきた。そして私が『燃えあがる緑の木』を、自分にとって最後の小説と思いさだめるほかなくなるまでの、内面的な事情の積み重なりの、それは根本的な理由のひとつをなしたのである。「僕」「ぼく」あるいは「私」を語り手とするナラティヴの小説によっては、なお広げ深めてゆきたい魂の主題を支えることはできない、と……

『燃えあがる緑の木』では、両性具有の娘＝若者を作り出して、彼女＝彼に「私」として語らせた。それでもしばしば、書き手の私は、自分の表現の、ひいては思考の幅が限定されるのを感じた。このような仕方でなく、もっと自由に思考と感受の世界に入りこんで行くことは、自分の積み重ねてきた小説の技法では、不可能なのではないか？

そもそもの初めには無雑作な仕方で定めた「僕」によるナラティヴから、そこにずっと自分の文学の主軸をおき、様ざまに工夫しながらやってきた後で、私はそのような思いに追い込められたのである。つまりはノンキ坊主《ぼうず》の性格から、私の予想することのなかった、一生続けてゆくことは、辛いことには違いないけれども、の種子は、大学新聞に向けて、実際にはじめてのといっていい短篇を書いた時、すでに播《ま》かれていたわけなのだ。

2

『奇妙な仕事』の語り手として登場し、犬に咬《か》まれるというなさけない受身の仕方であれ出来事にも参加する「僕」は、この年の大学の五月祭に短篇が読者たちの眼にふれた時、当然ながら誰にも知られていなかった。したがって、それが充分にリアリティーのある書き方さえなされていたとしたら、たとえこの「僕」が逆に犬に咬みついたとしても、不思議な話だと読者は思いこそすれ、この「僕」は事実に反することを語っているとはいわれなかったはず。作者の若い学生のことも、読者は知らなかった。そこで語り手の「僕」が、そのまま作者の私として受けとめられる反応も見られることになった。作者の貧しい学生が、滑稽かつもの悲しいこういう経験をした。そして「僕」はこのように生きていると小説のかたちで物語ったのだ、と。あわせて短篇の載った新聞には、私がこれは確かに自分の経験としての、砂川米軍基地の拡張に反対するデモにでかけたことをエッセイに書いて、その折の感情と、犬を殺す「僕」の思いを通底させようともしたので、両者を重ねる受けとめは、むしろ自然の勢いだった。

しかもあの当時の私に、このエッセイの書き手の「僕」がきみだということはいうまでもないが、この短篇の「僕」、またその書き手のきみの、三者をひとまとめにして、

――これが私だ、ともいうかい？　と問いかけられたとしたら、私は、そうです、と肯定したにちがいないとも思う。

いうまでもなく――フローベルとボヴァリー夫人の名高い例を思い出すまでもなくということだ――たいていの小説は、作家が、――これが私だ、というはずのことを表現しているのである。それとは別にここで私が強調したいのは、『奇妙な仕事』の作者としてそれを語るエッセイを書いている学生は、この短篇の語り手「僕」とそのまま一緒だった、ということなのだ。それは小説を書く際の自覚においてそうであり、現実の自分の生活にこういう「奇妙な仕事」が転がり込んできたら、ためらわず引き受けて、作中の「僕」とおなじく滑稽でもの悲しい思いをあじわいもしただろう。大学新聞に載ったこの短篇が、秀《すぐ》れた批評家や経験豊かな編集者を惹《ひ》きつけることになった端的な理由も、幼いながら切実なリアリティーにあったはずだと思う。

『奇妙な仕事』が新聞に出ると、文芸誌から注文があり、私は気負いたってそれに応じた。そしてそのまま、現在までの永い作家生活をつうじて自分が担《にな》うことになる「僕」のナラティヴに入り込んでしまったのだ。大学新聞を読んで名も知らぬ一学生の短篇に関心を持ったヴェテランの編集者から、若手の編集者に話がまわされ、その文芸誌から依頼があったわけだが、それからかなりの年月がたって、すでに出版社の幹部になっている当の編集者から、――あの手紙にきみが断りの返事をよこしたなら、もっと尊敬したんだが！　と笑いながらの御挨拶《あいさつ》があったから、先方はとくに本気でもなかったのだろう。こちらは憐《あわ》れにも夢中になって、自分がそれまで日本の戦後文学やアメリカ、フランスの小説の翻訳や原テキストを読みかさねてきて、このような書き方が現在の小説だと信じているままに『死者の奢《おご》り』を書いて送ったのだが……

ここでフットノートのようにして書いておきたいことが二つある。ひとつは、『奇妙な仕事』を書く時、自分があきらかに、このようには勢い込んではいなかった、ということ。もともと僕は高校の時からの友人で、その頃、商業デザインの仕事をしていた伊丹十三を面白がらせる、というだけの目的で、『獣たちの声』という一幕の戯曲を書いていた。それを短篇のかたちに書きかえたのが『奇妙な仕事』。そういうこともあって、「僕」という語り手のナラティヴは、いかにも気軽に採用されていたのだった。

もうひとつ、私は、若い編集者の思惑はどうであれ、文芸誌の依頼を真面目《まじめ》に受けとっていた。それに続いて、別の文芸誌から『他人の足』ということになる短篇の注文を受けていたことも、自分の思い込みに輪をかけさせていただろう。最初の依頼にこたえて二週間か三週間かけて書いた短篇は、じつは『死者の奢り』ではなかった。それも大切なことに思えるのは、三人称による客観的なナラティヴのものであったことである。

私はそのナラティヴを作り出すことにもっとも苦労し、しかもその苦労は、現在の小説を書くためにどうしても引き受けねばならない苦労だと感じてもいたのであった。

　そのようにして一応完成した作品を、私は大学で授業を受けた後、ドイツ文学科の学生だった柏原兵三に読んでもらった。かれはすぐさま、この小説はダメだ、と批評した。私はその原稿の袋を、自分が犬どもの声を聞くのを習いとしていた附属病院の建物のはずれの、焼却用のゴミが集められている背の高い金網の囲いに放り込んで、下宿に帰った。

　しかも文芸誌の依頼を真面目に受けとめているのである私は、締切日にもう三日ほどしかないことで思い悩んでいたのだ。そのうち私が緊急避難するような仕方で考えたのは、まず、文学のよくわかる友人に新しいナラティヴを否定された以上、それを他の材料に応用してみてもだめだということだった。さらにそこから検討しなおしてみると、さきのナラティヴのみならず、それを使って小説化した材料も観念的でダメだと納得されたのである。当の材料は、私が駒場に入った年、図書館脇《わき》の大きい掲示板で見た、お茶の水大学生の自殺についての、彼女の所属していた党派の主張を示したビラから来ていた。私はなにより自分と年齢のかわらぬ女子学生が、思想運動によって死にまで追いつめられるということに強い印象を受けていた。それをすでに駒場の雑誌に『火山』というタイトルの短篇習作に書いて発表してもいたから、私の処女作はこれだというべきであるかも知れない。

いまになってみれば、たとえそれが四十代の政治運動のヴェテランの自殺であれ、運動をめぐっての死ということには、一歩も二歩もひきさがって、その全体を推《お》し量《はか》ってみようとすべきだと思う。ところが十九歳の孤独な若者として、私はこのビラに深く影響づけられた。それを出発点に、思想運動、政治運動の活動家への、基本的な尊敬とやはり基本的な不信とが、アンビヴァレントなまま私についてまわることになったのであった。

さて、すぐにも新しい作品を書かねばならない私は、『奇妙な仕事』で自分の作り出したナラティヴを、もう一度繰り返すことを思い立ったのである。そして書き始めてみると、材料の構想はまだあいまいであったのに、次つぎ細部が現われて、物語も浮んできた。つまりはナラティヴのみならず、主題と人物、物語の展開までがそのまま繰り返されたわけだ。『奇妙な仕事』を評価してくださって、それが私の文壇への登場の最大のきっかけともなった平野謙の批評が、二番目の作品『死者の奢り』について同工異曲と評したのは、まったく的を射ていた。もし他の批評家たちも東大新聞を読んでいたとしたら、新鮮な若い小説家の登場というほぼ一般的だった評価は翳《かげ》っていたのではあるまいか？

ともかくもこのようにして私は『死者の奢り』を書き、そしてさらにあと一日しか余裕のないなかで、やはり同じナラティヴで——この場合、語り手の「僕」は療養所にいる患者というかたちでフィクショナイズされていたけれども——『他人の足』を書いたのだった。

3

それから私は文芸誌に小説を発表し始め、文壇に新人作家として登録された。それは同時に『奇妙な仕事』『死者の奢り』で自分があまりよくは考えずに採用した「僕」という語り手のナラティヴに捕われてしまう、ということでもあった。そのナラティヴによって書くことが、その後かならずしも同工異曲ということにのみとどまらなかったとは思うけれど、私の小説のスタイルをきめてしまった。「僕」を戦時の地方の村の少年として語らせた『飼育』や、村に疎開《そかい》してやってきた感化院の少年として物語らせた『芽むしり仔撃《こう》ち』には、まだこのナラティヴにひそんでいた潜在力を生かすことができたと思う。しかしその時点で、すでに私はこのナラティヴの虜囚としての自分を感じとっていたことを思い出す。

『個人的な体験』は、初期の私がすぐにもおちいった危機をなんとか乗り越えた記念の小説である。私の危機の深さは、「『芽むしり仔撃ち』と初期短篇Ⅰ」におさめた短篇群の終りの方の諸作品にあきらかである。それらにおいて、私はあからさまに悪戦苦闘していながら、しかも「僕」のナラティヴから離れられなかったのだ。

　そのしるしに、私の家庭に障害を担った長男光が生まれ、単に新しい小説の主題としてでなく、このような実生活をどう生き延びるかという切実な課題を前にして、なんとか一歩進み出るために書いた二つの小説の、短篇の方『空の怪物アグイー』は、しっかりと『奇妙な仕事』以来の「僕」のナラティヴを用いている。もっとも、この短篇の「僕」はあきらかに物語の傍観者の位置を守っており、畸型《きけい》をそなえた子供の誕生を引き受ける、あるいは引き受けないというドラマは、年長の音楽家のものである。音楽家は、自殺と見わけがたいような事故死をとげる。「僕」が語り手の小説でのかれ自身の自殺は、遺書として書かれた作品でないかぎり成立しないわけで、その条件は私をこのナラティヴにおいて不自由に感じさせるひとつであったと思う。

　単純な話のようだが、語り手が死んでしまう物語がどのようにしてひとつの作品として完結するかのジレンマは、新制中学の修学旅行で買ったユーゴーの『死刑囚最後の日』を恐怖とともに読んだ時からのもので——後にカミュの『ギロチン』を切実な思いで読んだのも、そこにつながっていた――、長篇を読みながら、自殺した、あるいは殺されあるいは病死した人物の遺《のこ》した記録が挿入される場面に接するたび、私は自分のなかにある子供の時から生き延びたジレンマに面と向かったものなのである。

そうしたことを重ねて、私は小説の書かれ方の原理として、メルヴィルが『白鯨』のエピローグに引用した「ヨブ記」の《我ただ一人のがれて汝《なんじ》に告《つげ》んとて来れり》を、自分の信条とするようになった。いま私は「僕」「私」を語り手とするナラティヴから自分を解き放って、自分の生涯の最後の一冊となる小説を考えるけれど、それでもなおこの「ヨブ記」の一行が、二十世紀小説の最大の原理だと考えることに変りはない。

さて『個人的な体験』が作品として成功しているとすれば、そこに私が一応は客観的な「鳥《バード》」という人物を創《つく》り出し、かれの経験はかぎりなく私自身に襲いかかったもの・受けとめたものに近かったのだが、ともかくも「鳥《バード》」の物語としてそれを書いたことによるだろう。ここで私は、小説家となってはじめてといいたいほど意識的に、「僕」のナラティヴから離れる努力をしたのだった。

もっとも小説の視点がつねに「鳥《バード》」から見たものであることでは、「僕」のナラティヴとほとんど同じ。小説のシーンのリアリティーを確保するために、若い小説家はそのような視点を必要としたのだった。それは、モウリアックの「神」の視点を批判したサルトルに学んで、ということでもあったことを思い出す。

しかし小説のすべてのシーンを俯瞰《ふかん》して、そこに登場するいちいちの人物の内面に立ち入りながら——代表的な幾人かであってもいい——小説を書きすすめることへの魅惑は、トルストイを頂点とした十九世紀小説を思う時、いつも私のうちに甦《よみが》えるのだった。二十世紀小説の偉大な作品として、それをなしとげているムージルの『特性のない男』が終生の愛読書である理由も、ムージルがひとつの部屋で対話する二人、三人の内面にいかに自由に立ち入るか、そしていかに自然で豊かなリアリティーを成就《じょうじゅ》しているかにもとづく。

4

『個人的な体験』の後もというより、ただいま現在までずっと、「僕」のナラティヴの問題は私に残り続けた。むしろそれへの不満が私にいったん小説を書くことをしめくくろうと決意させた理由のひとつだった。そしてこれから書こうと新しく発心している小説は、まだ夢のなかを手探りするような段階であるけれども、まず当のナラティヴの問題を解決しての、次の一歩であることにしたいのである。

いま『個人的な体験』以後を、ナラティヴの問題を軸にして振り返ってみると、『万延元年のフットボール』と『われらの狂気を生き延びる道を教えよ』が、この問題をめぐる自分の奮闘ぶりを見るための指標として有効だと思う。両者は、その時どきに自分にとってもっとも大切であった主題と、それを見すえて達成した新しいスタイルによって書かれている。しかし作者自身からは、どのようにして自分を縛り続ける「僕」のナラティヴとの間に自由を拡大するかの、悪戦苦闘の記録としても読みとられる。

『万延元年のフットボール』のナラティヴの語り手の「僕」は、根所蜜三郎《みつさぶろう》という三人称であつかわれても良い人物に、一人称があたえられて成立している。そうである以上、この小説の「僕」を小説家である私から切り離すことは自由であるはずだ。しかも、その最初の章にあきらかなように、その「僕」は、小説を執筆した当時の私にかぎりなく近いのである。

もともとこの長篇の構想から、最初の幾種もの草稿を書きあぐねていた三年ほどの間、もう記憶にさだかではないけれど、私はそれを「僕」のナラティヴで、しかも根所蜜三郎という三人称の人物は想定することなしに書き重ねていたはずだ。構想の渋滞したこの長篇を、私は編集者との話合いで、文芸誌に連載することにした。そうやって完成に向けての勢いをつけることにしたのだ。中間に数箇月のアメリカ滞在をはさんで、『個人的な体験』以後まる二年間が構想の時であったことがわかる。それはわが国の文壇で、ともかく文学賞をもらって注目されている若い作家にとっては長すぎる準備期間といってよかった。

雑誌への連載がきまった時、私はそれまで書きためていたすべての草稿をひとまとめにして利用しようとした。新構想を前にしてもこうした草稿を棄《す》てられないのが、いつまでも尾をひいてきた私の弱点なのだ。そこで私がやっと書きあげた第一章を読みかえすと、いまそれはいくつもの草稿のコラージュのように感じられる。しかも小説の書き手＝小説の語り手としての、ほとんど日記か遺書のような自己表白の文章がある。次のような書き出しのまま数ページも続くのである。

《夜明けまえの暗闇《くらやみ》に眼ざめながら、熱い「期待」の感覚をもとめて、辛《つら》い夢の気分の残っている意識を手さぐりする。内臓を燃えあがらせて嚥下《えんか》されるウィスキーの存在感のように、熱い「期待」の感覚が確実に躰《からだ》の内奥《ないおう》に回復してきているのを、おちつかぬ気持で望んでいる手さぐりは、いつまでもむなしいままだ。》

ナラティヴの主格が小説家自身であることにどんな疑いもないかのように、「僕」という主語さえ省略されている。この後ふたつほどの独立した文章の後に、やっとそれは出てくるのである。

『われらの狂気を生き延びる道を教えよ』という短篇集を作るにあたって、私は最初にこのタイトルで文芸誌に発表した短篇を《表》とし、もうひとつを《裏》として、『父よ、あなたはどこへ行くのか？』という作品に統合した。その《表》のナラティヴは、「肥《ふと》った男」という三人称を語り手のすぐ脇《わき》に置く書き方である。小説は「肥った男」をつうじて語られる。語られる世界は、すべて「肥った男」の眼によって見られている。そして小説は「肥った男」が様ざまに苦しい体験をした後、それまでの生活をあらためる決心をして、末尾におかれた次の文章の描くようなことをしている報告によって終る。

《男は死んだ父親の伝記を書くことをやめたかわりに、どこにも実在しないことのはっきりしたあの人にあてて、われらの狂気を生き延びる道を教えてください、とくりかえす手紙を書いたり、〈僕が、自己幽閉の生活を始めるのは、……〉という言葉から展開する数行を書いたりした。そしてそのノートがあたかも遺書でもあるかのように、鍵《かぎ》のかかる抽出《ひきだ》しにしまいこんで絶対に誰にも見せなかった。》

その前に《裏》は、次のように始まっていた。

《……自己幽閉の日々が続くうち父は、〉と書いて僕は、あらためてこの草稿を中絶せざるをえない行きづまりに逢着《ほうちゃく》したことに気づく。》

そしてこの文章の書き手である「僕」は、その架空の父親と、こちらはかぎりなく実生活のそれに近い父親—つまり自分—と息子との関係を書き進めて、次のように小説を終えているのである。

《父が……》と僕は新しく書きはじめる。それが何のためであるか、それについて僕がはっきり認識した時、父の伝記は完成するか、または最終的にきっぱり放棄されるだろう。〈父が自己幽閉の生活を始めたのは、……》

このように意識して複雑に構造化した語り口と、「僕」という語り手による単純なナラティヴと、その水と油のような二つの力関係の場で悪戦苦闘しながら、それこそ、ナ、ラ、テ、ィ、ヴの神に向かって、われらの狂気を生き延びる道を教えてください、と訴え続けるのが、私のこれまでの作家生活のほとんどすべてですらあったのではないか？　いま私は茫然《ぼうぜん》とするようにして、その問いの前に立つのである。

四章　詩人たちに導かれて

1

散文の側の人間として、おそらくは当然のことに、私は詩人たちに深い敬愛の思いをいだく。外国語の詩人、そして日本語の詩人にはなおさらのことである。新制高校の二年の時、一般の国語の教師とは別の教室で古文を担当する教師が、最初の授業の日、選択課目のそれをどうして選んだのか、生徒ひとりずつに答えさせた。私は不用意に、――この国の古典の面白い細部が好きなので、と答えた。癖のある人柄の教師は、それから時間をかけて山間部の高校から転校してきたばかりの私を吊《つる》しあげた。教師の自分ですら進んで読みたいような古典は持たない、こういう職業でなければ、自発的に読みたいとはツユ思わない、なぜおまえは教師に媚《こ》びるようなことをいうのか？

それからしばらくは、渡り廊下ですれちがったりするたびに、やはり古文を選択した女生徒にクスクス笑われたものだ。これが手痛い教訓になって、ひそかに読んでいるわが国の古典について、教師やクラスメートに決して打ち明けぬ若者になった。しかし下宿に戻ると、あれこれの古典につないで、やはり細部を楽しみつつ現代日本語の詩人を愛読するようになった。とくに三好達治を、また萩原朔太郎を。大岡昇平編の詩集によって中原中也と富永太郎を読み、高校を終える年には、それから生涯続くことになる谷川俊太郎の愛読者となった。

大学に入って私が読み始めたフランス語と英語の詩は、こちらに詩を書くようにいざなうより、いくらか奇妙に響くかも知れないが、小説の技法について夢見させる影響をおよぼしたのだ。私は英語の詩の翻訳を読むうち、その文体で、自分がぼんやりと思い描いているこの国にはない小説が書けるのではないかと考え、実際に短篇の習作をすることになったのだから。

私がそのような思いを誘われた訳詩の原著者はエリオットとオーデン、訳者はともに深瀬基寛。いま考えてみると、私はむしろ深瀬基寛の日本語の文体そのものに喚起されたのだったろう。事の始まりは、大学生協の図書部で、当時自分の買っていた本の平均値からはあきらかに値の張る二冊の訳詩集を見つけたこと。それも端的に、私はそれらの本に原詩があわせ収録されていることで、少々経済的に無理をしても買おうという気持になったのだ。当時、輸入されている原書を学生の身分で買うことは難しかったのである。絶対数が少なく、価格もきわめて高かった。私はそこで、自分の好きな訳詩集に、大学図書館で参照することのできる原詩集からテキストを書きうつすことをしたものだ。いまでも創元選書版、日夏耿之介《こうのすけ》訳――この場合も、私はまず日夏の訳のスタイルが好きだったのだけれど――『ポオ詩集』が書庫にある。

そして、おなじく大切に保存しているばかりでなく、いまでも折にふれて取り出して読む本として、ともに筑摩書房版の『エリオット』と『オーデン詩集』があるわけなのだ。どのように私がこれらの訳詩集から散文の文体の上での、さらにいえば新しい小説をどのように書くかについての――つまり、ナラティヴをめぐって――導きを受けたか。それは私にとってこそまったく明白なことであれ、私の初期作品を知っている人にはむしろ不思議であるかも知れない。しかしともかく私は、次のような訳詩の文体に胸をかきたてられるほどの印象を受けたのである。

エリオットからいえば、『J・アルフレッド・プルーフロックの恋歌』の、次のような語り方。《それでは行つてみようか、君も僕も、／手術台《テーブル》のうへに乗せられて麻酔をかけられた患者のやうに／夕暮が空いつぱいに這《は》ひのびてゐるころ》と始まって、《窓ガラスに背なかをすりつけながら／街を滑りゆく黄色い霧にも／考へてみれば、まだ時間はあるだらう。》と続いてゆく語り方。

オーデンでいえば、『一九二九年』の書き出しの、《復活祭のころだつた、わたしは公園のなかから吐きだす蛙の鳴声をききながら／すばらしい雲の群があけつぱなしの青空を／なんの不安もなく流れてゆくのをみまもりながら——／新しい名前には新しい意味を容《い》れ》、恋人たちも新しい言葉づかいを見つけ出す季節、という語りから、《こんなことを考へながらふと気がついてみると、／孤《ひと》りぼつちの男がベンチに腰をかけ泣いてゐた、／ぐつたり首を垂れ、口をひん曲げ、／だらしなく、みにくく、雛鶏《ひなどり》の胎児のやうに。／そこでわたしは想《おも》ひだした、死んで行つた人々を》と急速に展開する仕方。

こうした訳詩を、原詩とつきあわせながら読んで、私は自分にも新しい小説の文体を作ることができる、と思ったのだ。詩の文体を、ではなかったことからも、かならずしも単純な模倣でなく、いろいろ考えてのことだったと、いいうるように思うのだが。そしてそのようなことを思い立ち、実行に移した若い私自身について考えると、なににつけてもクヨクヨ過去を悔いる性格の私が、いまもやはりかれを励まして前へ進ませたい、と感じるのである。きみがこれらの詩から汲《く》みとっている力は正しいものだと。

とくにオーデンの詩について、私が魅力を感じたのはこういうことだった。そこではこまかな具体的事物から人間について、また社会、政治、国際関係について、ひとつながりに、共通のヴォキャブラリーとナラティヴによって語られている。さらに、エリオットの詩的な優雅さが日常的な散文の語り口へとなだらかな移行を示す——あるいは、その逆方向へ——その書き方が好きだったのだ。

そして両者ともに、日常生活の観察のレヴェルにかさねて形而上学《けいじじょう》的な、さらには神秘主義的ですらある豊かさ、深さにいたる表現に惹《ひ》かれて、それもまた私には新しい小説のスタイルへの指針のように感じられたのである。だからといって、すぐさまそれを、私が作品に実現しえたのではなかったけれども。

2

私のブレイクとの出会いも、そのそもそもの初めは、自分が小説を書くことなど思ってもみなかった頃のことだった。しかし、その後考えたことでいえば、やはり単純に詩を読みはじめるというより、やがて小説のかたちで自分の幼少年時を検討することになる人間が、その予感とともに、あらかじめ小説の文体を探していて、ブレイクのあきらかに特殊なスタイルの詩にめぐりあったのだ、という気がする。

イギリス人の研究者による日本の現代文学への批評に、ブレイクは短い詩が秀《すぐ》れているのだが、ある作家は不思議なことに長大な預言詩《プロフェシー》が好きだといっている、というものが幾度かあった。いずれの場合も、ある作家と皮肉られているのは私だった。そして確かに預言詩のことを愛読しているというわが文壇の同僚はいないように思うけれど、私にしてもブレイクの『無垢《むく》、経験の歌』『ピカリング草稿』の美しさについて鈍感だったとは思わない。たまたま私は、ブレイクという詩人の作品と知ることなしに——すでにさきにいった短詩集は読んでいたのに——かれの預言詩の一節に偶然の出来事として出会い、魅了されてしまったのだった。

そのいきさつは『新しい人よ眼ざめよ』に書いた。発見した一節を預言詩『四つのゾア』の全体の文脈から切り離して——私はまさにそのようにしてこの数行を読んだのだったから——自分が訳したものをかかげてみる。

《人間は労役しなければならず、悲しまねばならず、そして習わねばならず、忘れねばならず、そして帰ってゆかなければならぬ／そこからやって来た暗い谷へと、労役をまた新しく始めるために》

駒場の図書館でたまたま眼にしたこの一節によって、胸の奥になにものかを撃ち込まれたように感じた時、私はそれがブレイクによって書かれた詩句だと思いあたることはなかった。そのように基本的な教養に欠けていたのだ、ということはできる。それまでにブレイクの短詩集は読んでいたし、いくつかは暗記してさえいた。ただ、それらの言葉とはちがう声調が——音楽の比喩《ひゆ》を文学にみちびいてうまくゆくということはたいていないけれど、モーツァルトとベートーヴェンほどちがうものが——こちらのそれぞれ長ながしい二行から湧《わ》き起った。しかも図書館の大きい机の隣りの席に開かれていたページに私が見たのは、おなじような重く鬱蒼《うつそう》とした詩行がいつまでも続く風景なのだった。

さらに私が思うのは、この二行にふれた時、それは詩としてではなく、過去から現在、そして未来にわたって自分の運命を占うものとして——いかにも預言詩として——こちらを襲撃したようだった、ということだ。それから時がたち、私の実生活には障害を持つ子供の誕生があって、また時がたち、私はついにブレイクの預言詩をそれとはっきり認識して読み続けることになった。そして光との共生の意味を、ブレイクのイマジェリーの鏡にうつしだすことで、具体的な作品に書いてゆくことができるようにもなったのである。

そして、私がさきの二行を詩として読むより預言として受けとめたということには、同じ時期に読んでいたエリオットやオーデンの詩が内容は深く重いにしても明るく軽快な散文性をそなえたスタイルであって、私には英語の詩のスタイルとはそのようなものであると信じられ、それとはまったく違う肌ざわりのこの二行を詩として——ブレイクの預言詩というものの所在すら知らなかった——受けとめる能力がなかったからだ、というほかにない。

さて、いったんそれと見きわめてから後も、ブレイクの預言詩は独力で読み進めるには手ごわすぎるものだった。そこで私は駒場以来の英文学者の友人山内久明に研究書を教えてもらい、それらを読みあわせることで詩の読解を支えることにした。私の独学者としてのやり方は、信頼できる専門家の友人にまず基本的な研究書を選んでもらうことだ。それらを読み終る頃になると、自分がもとめている研究書の方向がわかってくるので、それにそくして輸入洋書店の書棚から有効な選択をすることもできるようになる。

私がブレイク関係でとくに惹きつけられた学者あるいは学匠詩人は、『ブレイク、帝国に真向う予言者』のディヴィッド・V・アードマンと、『ブレイクと伝統《トラディション》』のキャスリン・レインであった。アードマンとレインとを並べることは、ブレイクの研究者たちにとって多分奇異な印象であることだろう。アードマンは、ブレイクを社会的な背景と結んで現実的な傍証を掘り出してくる学者。レインは、ブレイクの魂の課題をキリスト教以前の信仰、つまり伝統《トラディション》の神秘的な光で照らし出す詩人である。それでいて私がブレイクに没頭した数年間——そこから私は『新しい人よ眼ざめよ』を書くことで脱け出したけれど、いまもブレイクをめぐる新しい本を見つけると読まずにはいられない——いつも私の眼の前には、ブレイク、アードマン、レインという、聖なる三角形が浮んで輝やいていたのだ。

文学のテキストを社会的な文脈で読みといてゆくアードマンの仕方は、私にとって学生の頃からなじみのものだった。ルカーチをのぞけば、私は社会主義リアリズムの文学理論とは無縁にすごした。そこで、左派の批評家から教条的な批判を受ける時、たいていマルクス・レーニン主義の文学理論への無知をいわれたものだ。いま恫喝《どうかつ》的な言いがかりをつける右派の批評家を見ると、その衣の袖《そで》の下から若年時に着こまれたらしいイデオロギーの鎧《よろい》がかいま見えて、やれやれ！　という嘆息はよみがえる。それでも私は終始サルトルの熱心な読者であったのだから、アードマンの社会的な文脈による文学テキストの読みとりはむしろ近しく感じられたのである。

さらにアードマンが私に魅力的であったのは、ロマンティシズムの評価についてであった。ブレイク、またその同僚としてとくにコールリッジをつうじての、ロマンティシズムの再定義が私を惹きつけた。アザミの花の美しさと天空の限りないひろがり、そしてアメリカ独立という社会変革を、ひとつの情念の言葉において表現しうるような、人間の精神の機構。それによる世界のとらえ方を、私はアードマンをつうじてロマンティシズムの根幹に受けとめることになったのだった。のちにウェールズの詩人R・S・トーマスを知ることになってから、かれの散文においてコールリッジが評価される仕方と共通していることにも気づいている。

レインがなにより魅力的だったのは、この神秘的な女性詩人を介して、これまでずっといつまでも漠然としたところの残る気がかりな対象だったネオ・プラトニズムが、ブレイクの詩と絵画を素材にして、よく理解できると思えたからだ。レインに導かれた私は、光との共生で直接経験を重ねてきたことを、明快な神秘主義において受けとめなおすことができると感じたのである。

3

ダンテの『神曲』は、幾つもの翻訳をつうじて高校の初年級から読んでいた。若い正宗白鳥のダンテ経験は一つの指標だが——もとよりかれ以前に『神曲』から影響をこうむったわが国の文学者は数かずある——、翻訳文学の普及版全集のおかげもあって、まともに取りくめば厄介きわまるこの古典が、日本の地方にまで持っていた読者の数はイタリア人から見ても信じがたいほどのものであったはず。

私の母は、教育のない人ながら、書物について不思議なカンを持っていて、私にとってやがて文学生活を方向づけられるものとなる『ニルス・ホーゲルソンの不思議な旅』と『ハックルベリー・フィンの冒険』を、戦時の不自由な図書事情のなかで手に入れてきてくれた。前者は不十分な訳だったけれど、いまでも雁《がん》の背に乗って飛んでいる小さな少年の絵を見ると胸を揺さぶられずにはいない……

敗戦直後のことだが、家業の小規模な問屋として仕入れた岡山近郊産の花むしろの山を点検しながら、母は脇《わき》に立っていた私に、——これだけのイグサがあるならば、どれだけ仰山の数の魂がきれいになるものかなあ！　といったものだ。

もっともこういう時、問い返したとしても木で鼻をくったような応答しかしない人だ。そこで私は花むしろの匂《にお》いとともに不思議な感触の記憶としていた。幾年もたって岩波文庫の新刊が出て読んだ『神曲』から——さきにあげた詩集ともども、その三冊はいまも書庫にあるが、受験をして失敗した三月に買っているから、次の一年の暗い生活に向かわねばならぬ自分への贈り物に手に入れたのだったろう——私は母親の謎《なぞ》めいた言葉の意味を教えられることになった。その頃には、花むしろを積んだ倉庫も人手にわたっていたけれど。

《されば行け、汝《なんじ》一本《もと》の滑かなる藺《ゐ》をこの者の腰に束《つか》ねまたその顔を洗ひて一切の汚穢《けがれ》を除け》山川丙三郎訳（岩波文庫版）

煉獄《れんごく》にたどりついたダンテと導き手ヴィルジリオが、岸辺の守り手アフリカのカトーに勧告される言葉。それにしても母親がこうしたところを記憶にとどめていたことに、あらためて私は『神曲』の翻訳のわが国での普及度についての不思議な思いを反芻《はんすう》する。

私自身の読書として、ダンテが本当に意味を持ちはじめたのは、レインを導き手としてブレイクの神秘主義的な側面を読むことをつうじてだったから、あれ以後二十年たっていたわけだ。しばしば考えることだが、読書には時期がある。本とジャストミートするためには、時を待たねばならないことがしばしばある。しかしそれ以前の、若い時の記憶に引っかかりめいたものをきざむだけの、三振あるいはファウルを打つような読み方にもムダということはないものなのだ。

さてブレイクが挿画というにはあまりに堂どうとして美しいものを『神曲』のために描いていることをふくめ、かれの詩とダンテとの結びつきを深く語るレインから、両者の背後に大きくひろがる神秘主義的な世界について私は学び始めた。それはノースロップ・フライの『大いなるコード』に脇から強化され――かれの『恐るべきシンメトリー』は、ブレイクを意識的に読み始めるにあたって最初に教えられた参考書の一冊だが、レインは彼女と同じ方向のものにも思えるこの先駆的な仕事に留保条件をつけている――、私は自然に『神曲』とその研究書へ向けて押し出されることになった。

ウィリアム・アンダーソンの『ダンテ、創造者』という評伝は面白かったが、やはりそれだけの通俗的なものだと思う。永く私を影響づけることになったのは、科学的な分析を宇宙論的な展望に向けて堅実に進めるパトリック・ボイドの『ダンテ、神話を愛する人《フィロミシィズ》にして知を愛する人《フィロソファ》。宇宙のなかの人間』がその第一だった。この本にみちびかれて考えた主題を、私は後に『懐《なつ》かしい年への手紙』に書くことになった。

続いて私に重要な木となったのが、ジョン・フレチェーロの『ダンテ、回心の神学』。どうしてダンテは序章における山登りを三頭の獣どもに阻《はば》まれて中止したのか、どうして天国に直接到《いた》るかわりに地獄、煉獄をへめぐる必要があったのか？　私は『神曲』を読むにあたって自分でも根本的な疑問と感じていたこの問題点を、心から納得する仕方で説きあかしてもらった。そこから、回心の前に異郷ローマにまで出かけて病いにとりつかれてしまうことがなければならなかったアウグスチヌスの生涯に向けて眼を開かれることにもなった。そうしたことを介して考えたことも、『燃えあがる緑の木』に直接影をおとしている。

どうして人は、本当の回心にいたる前に、生命をすら危うくしかねない異郷、アウグスチヌスの言葉を使えばレジオ・ディシミリトゥディニスにおもむかねばならないのか？　それは人間の深奥《しんおう》に関わる、神秘的な秘密だと思う。しかもこれは単にユダヤ・キリスト教の世界にとどまらない。わが国でいえば、空海、道元の中国への旅。そしておそらくいつまでも回心せず生涯を終るはずの私は、恐しくしかも魅惑のある、次のような思いにも惹きつけられることがあるのだ。

人類の歴史のなかで、あえておもむいたレジオ・ディシミリトゥディニスにおいて、回心をとげる前に、病いにおかされ、そのまま死んでしまった者は、それこそ数知れないのではないか？　そしてそれは、もしかしたら老年のとば口に立ちながら海外での仕事に引きつけられたりもする自分をこそ待ち受けている運命ではないか……

4

いつまでも回心しない人間の、それとしての覚悟ということでは、W・B・イェーツに教わることは多かった。永い間に自分がイェーツ全詩集にはさみ込んできた翻訳草稿を書きつけた幾枚ものカードに、『選択』の訳がある。

人間の知性は選ぶことを強いられる
人生の完成か、仕事のそれか、
そしてもし二番目を選んだなら
天の館《やかた》は断って、暗闇《くらやみ》で憤怒するほかない。
すべての物語が終った時、なんの新しい話があろう？
幸運にも、あるいは辛苦の痕《あと》をきざんで、

あの昔ながらの厄介事、空っぽの財布か、
昼間の虚栄、夜の後悔か。

私がイェーツに習ったのは、信仰に入らぬのであれ、つねに天の館《ヘヴンリ・マンション》に思いをよせざるをえない詩人としての態度だった。わが国の文壇では、いまやカトリックであれプロテスタントであれ、信仰を持つ作家、批評家たちの発言が盛んである。とくに信仰に入りたての気鋭の人々による、教会を背におった呼びかけは、時にノンキ坊主《ぼうず》じゃないかと思えるくらいに高姿勢なものだ。そしてこちらも幾らかはノンキ坊主ながら、自分と信仰との別れ目の幾つかを平気で見すごしてきたわけではない以上、かれらに対する自分としてのraging in the darkもあるわけなのだが……

イェーツには、それがレインのブレイク研究、またイェーツ研究にまっすぐにつながるけれど、ユダヤ・キリスト教の背後、あるいは外側の伝統《トラディション》としての宗教感情、イマジェリー、宇宙観があきらかで、私はそれに導かれてきた。『燃えあがる緑の木』には、それが剝《む》き出しに表われてすらもいるだろう。

さてこのようにして私は、詩人によって喚起されたものを軸として幾つもの小説を書いてきた。しかしそれらの作品はすべて、詩人に熱中して読みふけった結果として生じたということである。それは倖《しあわ》せな経験となった、というべきではあろうけれど、いちいちの小説が生まれ出ることになった現場にたちかえるようにして回想すると、倖せとはおよそ逆の辛《つら》い思いもなまなましくよみがえってくる……

　繰り返しになるが、これらの詩人にめぐりあった時、その詩のあれこれに呼び起されることを小説に書こうという気持を持っていたかというと、若い時からそれは決してそうでなかった。私はいつも緊急避難の小さな船が港に入るように、人生の時の嵐《あらし》を避けて、これら詩人のもとに身をひそめたのだ。

　そして私が後になって、詩人に喚起されたことを小説に書こうとした時には、私はむしろその詩人の準備してくれた港から出ようと決意していたのじゃないか、と思うのである。やはり私にとって重要な詩人である中野重治の小説のタイトルにならうならば、『歌のわかれ』こそをめざして、たとえばブレイクに、あるいはイェーツに深く引きずり込まれすぎている自分を、私は散文の世界に解き放ったのではなかっただろうか？

5

『燃えあがる緑の木』の第三部を書く間、私はこれで自分が書く小説はすべて終るのではないかと強く感じていた。また、いつも長椅子《いす》に寝そべって本を読んでいる脇の、壁に造りつけた書棚から、それまでそこの中心に居座っていたイェーツの全詩集はもとよりかれの研究書の類もまとめて、別の場所に移し終えていた。

　そして当の三部作を刊行した直後、私はまったく偶然にウェールズを旅行し、さきに書いたR・S・トーマスという詩人の仕事にめぐりあった。海に面した崖《がけ》の上のホテルの簡素な部屋でトーマスの詩集を読むうち、私はつい、――もう間に合わないかも知れないんだがな！　と荒あらしく嘆くようであった。私はもう残り少ないのじゃないかと思う自分の生において、いま初めて読むことになったこのすばらしい詩人を、充分よく理解する時間があるかどうかを心もとなく感じ、嘆きの声をあげたわけなのだ。

　ともかくも私は、この旅で、自分の初老の日々をしっかり埋めるにたる詩の書き手にめぐりあったのだった。たまたま自分と同じ年齢で詩人の書いた次の一節が身にしみもした。

六十歳になってもなお
生き延びている、言葉を
所有することの寓話《ぐうわ》は。

ここに表現されているのは、言葉を理解しそれを発しもすることによって、人間はなんとか生きてゆくことができるのだとわれわれは信じているけれど、はたしてそうかという老詩人の嘆息ではないだろうか？　小さいことだが、この詩がさらにも私の心に響いたのは、そこに生き延びると訳したoutgrowという単語が使われていたからでもある。まだ若かった頃、私はオーデンの詩を読んでいてこの言葉に出会い、『われらの狂気を生き延びる道を教えよ』と小説のタイトルに引用するほどの入れ込み方をした。

その頃、ある英文学の研究者からoutgrowという言葉などありふれたものだと嘲笑《ちょうしょう》されたことを思い出すが、それはオーデンにとってと同じくR・S・トーマスによっても重要な言葉だったのである。それだけの傍証で私には充分すぎるほどだ。

五章　この方法を永らく探しもとめてきた

1

新制中学の頃、私はものごとの体系とか、ある全体をひとまとめにする理論とかいうものにあこがれていた。もっとも具体的なモデルがあったのじゃなく、ただそうしたものを夢想して時をすごした、というのが適当なのだ。まさに、体系とか、全体をとらえる理論とかの欠けている環境に育っていたのだから。あえていえば、戦時の、天皇の国家——そして世界、宇宙にまっすぐつらなるもの——としての日本、という国民学校に浸透していた教育が、それなりに体系であり、全体をとらえる理論だったために、戦争が終り、民主主義の世の中になってからも、その感じ方の基本がなくては見棄《みす》てられたようで、不安だったのかも知れない。

ある学期始めの理科の時間に、思いがけず、きれいな分冊になった教科書が配られた。私は一冊ずつをなでさすっては昂奮《こうふん》していたものだ。この五冊のなかに、科学のひとつの分野ごとの手ほどきがまとめてあって——さすがにその分野の全体が示されているとは思わなかったけれど——、自分はそれらのひとつずつを習い、ついには科学の全体に入門してゆくのだと。しかし村の神主でもあった理科の先生は、おどろくような単純化で一冊ごとをこなしてゆき、科学知識、科学の考え方とは別の、コマギレの知識を撒《ま》きちらした不正確な漫画本を読むような授業をした。私は子供ながらに深く失望した……

自分には理科系を勉強する適性がないと納得して、文学部に進み、小説を書きはじめてからも、さきの思い込みは残っていた。小説の、いまの言葉でいえば方法論に、文学の体系、全体をとらえる理論はあるにちがいない、それを学びたいと。そして、そうしたものに向けていつも手さぐりするようだった。

文壇に登場した若い顔として、同じ頃に出発した作家たちと対談なり座談会なりをする機会をあたえられることがあった。そういう時、私は新しい同僚たちがこの課題をどうとらえているかを知りたかった。そしてこちらにとっては切実な質問をするたびに、優秀な同時代者に正面から拒ばまれたりハグらかされたりした。そのうち私は文壇より別の場所に、とくに音楽家武満徹と知り合ったことがきっかけとなって、それぞれの分野に、たいてい独力で理論を作るための努力をかさねてきた友人たちを発見してゆくことになった。建築家たちはとくにそうで、磯崎新や原広司にはいかに新鮮で実際的な刺《し》戟《げき》をあたえられたことだろう。

2

私はフランス語・文学を教室で学びこそしていたけれど、むしろ少年時の一時期から喜びとして読んできた翻訳文学の影響のもとに、小説を書いて発表することを始めた。そのような私にあったものは、いわば無意識の文学的バックグラウンドだった。最初はとくに、これと名ざしされるほどの先行作家のしるしがあったのではなかった。しかし、それらは、すでに書いたように、子供の時から読んできたすべての小説や詩からの引用でなりたっていた、ともいえるわけだ。職業として小説を書いて生きてゆくという自覚は、かえってあらわに様ざまな作家の影響を顕在化させることになった。

あの頃も、私はピエール・ガスカルやジョン・アプダイクをフランス語と英語で書かれている原書で読んでいたから、翻訳のサル真似《まね》という、よくなされた悪評はあたらないと思う。しかし私は確かにかれらの初期作品から色濃く影響を受けている。さらに私は日本のとくに戦後文学者たちに対して、かれら苦難の半生によって自己を築き上げた作家たちにくらべ、自分が青春時のアイデンティティーすら確立していない人間として小説を書いているという、不安な気遅れを感じ続けていたものだ。それもマイナスのあらわれとしての影響といえるだろう。

そして私は、その不安を、自分の書く小説について、方法的反省を具体的にかさねることで乗り越えようとしたのだと思う。中学生の理科の時間に、科学の体系について綜《そう》合《ごう》的に教わることを夢想した。それとおなじものを、文学について、それもいま自分が書いている現代の小説について、方法的に学びたい、とあらためて志願したのだった。

各種の文学全集を読むことで、小説の総体についてある印象をかためることはできる。文学原論のたぐいの本もある。ただ、小説はこのように書かれるものだという、いわば構造分析に立つ、その方法についての書物は、当時の私には見つからなかった。小説に方法はあっても方法論はないというような驚くべき論説が、生涯確かに自力で方法論を築きあげることはないだろうと思われる文学研究家、批評家によって振りかざされる時代だった。それはいまに続いているのではないか？

小説の方法について考えながら読むこと、その方法を意識しながら小説を書くこと、つまり方法論にそくして読み・書くことというだけの、その方法論という言葉の一般的な使い方も通用しないのが、この国の文壇だった。作家たちが方法論を手さぐりすることはなく、批評家たちが方法論を読みとって、次に書かれるべき小説への指針をあたえてくれることもなかった。

そこで私は自分の思い込んでいる小説の方法論について、独学するほかなかったのである。そのそもそもの出発点には、素樸《そぼく》な話だが、実際に自分のずっと感じていた、幼なく切実な問いかけがあったことを思い出す。すでに小説はバルザックやドストエフスキーといった偉大な作家によって豊かに書かれているのに、なぜ自分が書くのか？　同じように生真面目《きまじめ》に思い悩んでいる若者がいま私に問いかけるとしよう。私は、こう反問して、かれを励まそうとするのではないかと思う。すでに数えきれないほど偉大な人間が生きたのに、なおきみは生きようとするではないか？

そのうち私の関心が焦点を結んで行ったのは、想像力の働きに向かってであった。もともと学生として私が卒業論文の主題に見さだめていたのは、サルトルの小説に具体化されている、その想像力論であったのだ。しかし卒業後の数年サルトルを導き手に小説の方法論の基礎をなす想像力について考えてゆくうち、私にはっきりした納得をあたえてくれた新しい導き手が、ガストン・バシュラールだった。

バシュラールの、あたえられたイメージを作りかえること、そこにこそ想像力の働きがあるという明確な定義は、まさにあたえられたものであるイメージの海に漂いながら、なお自分のイメージを作り出そうとする行為の、つまり自分の言葉で小説を書いてゆくことの理由をとらえなおさせてくれもした。自分として歪形してゆくはずの既成のイメージ群を、まずいかに多様に豊かに受けとめるかというかたちで、あらためて私を古典から二十世紀なかばにいたる文学の前に立たせる呼びかけも、そこには当然にふくまれていたのである。

3

そのうち、幸運なことに、これこそ自分が永らく探しもとめてきた小説の方法論だとはっきり思えるものにめぐり会うことになった。ロシア・フォルマリズムの翻訳、紹介が勢いをこめて行われはじめたのである。それにほとんど並行するようにして、ミハイル・バフチンの著作の、とくに『フランソワ・ラブレーの作品と中世・ルネッサンスの民衆文化』（せりか書房版）が出たことも大きかった。文化人類学者山口昌男の活動もめざましく、私にはこれら三者がお互いを照射しあいながら視野に入ってきた。

ロシア・フォルマリストたちの仕事には、実際に創作をする者がどうしてもぶつからざるをえず、それぞれに解法を自力で見つけだそうとするほかなかった様ざまな問題について、コロンブスの卵式に定式化してくれるところがある。私は次に引用するシクロフスキーの一節の、明視すること《ヴィヂェニエ》と異化《オストラニエーニエ》という考え方を、おなじく本居宣長が語っている文章の実例を示したことがあった。シクロフスキーによる、ロシア・フォルマリズムのキーワードの定義は次のようである。（現代思潮社版『ロシア・フォルマリズム論集』）

《そこで生活の感覚を取りもどし、ものを感じるために、石を石らしくするために、芸術と呼ばれるものが存在しているのである。芸術の目的は認知《ウズナヴァーニエ》、すなわち、それと認め知ることとしてではなく、明視《ヴィヂェニエ》することとしてものを感じさせることである。また芸術の手法《プリヨーム》は、ものを自動化の状態から引き出す異化《オストラニエーニエ》の手法であり、知覚をむずかしくし、長びかせる難渋な形式の手法である。これは、芸術においては知覚の過程そのものが目的であり、したがってこの過程を長びかす必要があるためである。芸術は、ものが作られる過程を体験する方法であって、作られてしまったものは芸術では重要な意義をもたないのである。》

　異化という芸術の原理は、小説にかぎっていっても、およそ自分で小説を書こうと考えた者なら誰でも、すでに実感にみちた体験をしているはずのことである。小説の読み手にとってもおなじにちがいない。ロシア・フォルマリズムの理論家たちが手頃な道具に仕立ててくれた異化という観念の秀《すぐ》れているところは、それがある単語、ある文章のものののような手ざわりをいうのみにとどまらないことにある。人物の異化から、小説というジャンル全体の異化という規模にいたるまで、いずれもそれが有効であることをシクロフスキーは示している。

明視すること、という用語も、われわれが、あいまいにではあるけれど、確かにそうした働きがある、と感じてきたものを、把握しなおさせてくれる。この国の文化伝統に固有の俳句。芭蕉や蕪村がどうして現代のわれわれをまで、かれらの単純な詩型の作品で、この世界、宇宙の前でじっと立ちどまっている、という思いに誘うのか？　それはかれらの俳句の言葉によって、この世界この宇宙を、具体的なものをつかむようにして明視することを経験するからだ。

森のなかの国民学校の運動場での文化映画上映会で、生い茂る草のなかに立てたスクリーンに映る桜の枝がたえまなく震えているのを私は見た。あの時、まずあったのは異化してフィルムにとらえられた桜の花だ。それが子供の私に、桜の花への明視をもたらした。自分の眼で現にそれを見ていながら、まず私が揺れ続ける桜の枝を不自然なものとして拒むようであったのは、それがスクリーンの上で不思議だったから、つまり異化されていたからだ。

そして、このように自分の眼の見ているものを、異様なもの、不思議なものとして受け入れられない、その心の抵抗感自体が、芸術のもたらす働きを受けとり始めていた証拠なのだ。これは自分には受け入れられない、と感じながら、否応《いやおう》なしにあの山村の子供は新しい眼の体験をしていた。いまは初老のかれに、なお桜の花という言葉がもたらす視覚的映像は、あの薄暗いスクリーンにコントラストが妙に強いままさかんに揺れ動いて、文化映画の物語を脱臼《だっきゅう》させてしまっていたような桜の枝なのである。あすこには明視の経験があったのだ。スクリーンの映像は、ものである桜の花としてしっかりと実在していたのだ。同時に、私の意識にある桜の花という言葉を揺さぶり、言葉は揺さぶられるなりにやはりものとしての手ごたえを露《あら》わにしていたのだ。それでもなお私の意識に疑いをこびりつかせたまま。

そしてあの翌朝、畑のへりに降りて行った私は、むしろスクリーンでの違和感にたすけられて、眼の前の柿《かき》の枝がたえまなく揺れているのを発見した。それによって眼の前の柿の枝は異化され、さらにも谷間から森への眺めが異化されるようで、私はその全体を明視することに向けて押し出されていたのだ。私には、それが芸術の働きによって現実世界が変えられるのに立ち合う、初めての経験であったように思われる。

4

小説を書くための方法論を、私は探していたのだった。そして見つけた、異化にはじまるロシア・フォルマリズムの理論が有効だったのは、とくに草稿を書きなおす段階においてだった。

小説を書き始めた頃、当然に私の作品は細部から全体のレヴェルにかけて欠陥を持っていたに違いないのに、私はまったく書きなおしをしなかった。それは、書きなおしをするということ自体、小説を書く人間にとって、習練と経験を要する技術であることを意味している。最初の草稿を書き進めることは、自然発生的にできる。ところがそれを書きなおすことは、決して自然発生的な勢いでとりかかることのできる仕事とはいえぬものなのだ。

書きなおしを開始するには、自分の書いたものに直面する勇気が必要である。そこにはまず、鏡にうつる赤裸の自分に対面する感じがある。それだけに、自分の草稿を、誰か他人に書きなおされるとなると、自分の裸の身体《からだ》の一部をいじくり廻されるような気がするはず。自分の書いた最初の詩を添削された苦い思い出のことはさきに書いたが、新制中学の校内新聞に生徒の自治というようなテーマでエッセイを書いたのが、しめくくりの段落のはじめに、社会科の教師が《最後に私は思う》と書き込み、そのまま印刷された時に感じた憤懣《ふんまん》をいまも忘れられない。この種の思い出を持つ人は多いのではあるまいか？

書きなおしは、自分で自分にこの種の「暴力」を加えることである。それをやられる自分、つまり書きおえたばかりで、まだ草稿と血のつながっている——というよりもっと即物的に血管がつながっている——自分にも、やる自分にも勇気がいる。また、書きなおすためには、書いた言葉、書いた文章を客観化して見なおすことのできる、批評的な態度が必要だ。具体的に言葉のレヴェルから文節、文章、イメージのいちいちのレヴェルについて、その書かれ方に弱いところをかぎとる感受性と、どう書きなおせばいいかを手早く思いつきうる能力——それらの両者をあわせると、方法論的な能力だとわかる——が必要である。

　こうした書きなおしのいちいちの段階について、有効な手がかりとなるのが、異化の手法なのだ。まことにそれは、もっとも基本的な芸術の手法《プリヨーム》である。自分が書いた文章を読みなおすと、単語について、文節、文章、そしてもっと大きいかたまりとしての文章について、これはこのままにしておいてはならない、と感じられるところが眼につく。すくなくとも、違和感がある。そこでその点をいじってみる。そこから、書きなおしの作業が始まるのだ。

　まず、名詞の不正確さ、ということがある。続いて、形容詞、形容句、形容節の不正確さ、核心に迫っていないという感じが気にかかってくる。それを書きなおす。まだ若い頃、とくにこの形容詞、形容句、形容節の書きなおしにあたって、私は不満あるいは違和感を持つたび、言葉をかさねる仕方で、よりよく表現しようとつとめたものだ。しかし、小説家として年を加えるにつれて、的確なそれらが見つからぬ場合、中途半端《はんぱ》な形容詞、形容句、形容節をすっかり取りはらってしまった方が、後に残った名詞に確実なリアリティーが出てくる、ということに気がつくようになった。

このような書きなおしに際して、ものを感じるために、石を石らしくするために、という芸術の目的、効用をいうロシア・フォルマリズムの原理が役立つのだ。どうもこの一節はものを感じとらせない、という思いがあれば、なんとしてもそこは書きなおさなければならない。そのままにしておいては、小説の文章でない一節がまじり込むことになるのだから。しかもその思いに出発する書きなおしには、すでにその点において、どうやるべきか、という方向が示されているのである。ついに、これならものが感じとられる、という思いがやって来るまで、書きなおし続ければいいのだ。

小説への批評の言葉は、あいまいなもの、気分的なもの、もっぱら個人的な思い込みによるもの、感覚的だがその感覚に普遍性のないもの、権威的なもの、よそから権威を借りてくるもの、嫉妬心《しっとしん》によるもの、ただ残酷なものなどなど、じつに多様にある。なにより手早い否定として、リアルでない、観念的だ、存在感がない、というような否定の言葉を向けられて、こちらにしたたかこたえることも多い。しかしその時、あなたは、リアルであること、観念的でないこと、存在感があることをこの場合どう示せばいいと思うか、と問い返してみれば頼りになる返事があるとも思えないのである。
つまり、批評家に頼るよりも、われわれはそういう批判に対して、自分にみずから問う方がいい。これは充分に異化されているかと問いかけてみればいいのだ。そのようにして読みなおしてみて、すぐさま書きなおしのペンが動き始めるようであれば、すでにあなたは小説家である。

5

ある長篇を書き終えた後、この小説の全体を異化して、もうひとつの小説を書かねばならない、という思いに責めたてられたことがあった。『同時代ゲーム』を出版して、数年たってからのこと。もともとこの小説は、私の全小説のなかでもっとも書くのに難渋した作品だった。小説に書こうとする主題ははっきりしていた。幾つもの人物たちや筋立てのプランも早くからあった。全体としては、私がそれまでに書いてきていた四国の森のなかの谷間の、神話と歴史の伝承を総まとめにしたい、という意図に立ってもいた。おりしもメキシコ・シティでの短い教師生活を終えて帰国したところで、小説の全体とはかならずしも必然的な結びつきがないのに、どうしても、いましてきたばかりの経験から小説を書き進めたい、という気持が一方にあった。

小説の動機《モテイヴエイシヨン》づけ、つまりどのように当の小説が書かれるのか、ということを示すのにこの頃の私は熱心だった。また、現実世界で生きることと、そうしながらきまった主題の一連の本を読むこと、かつ小説を書くことを、ひとりの人間の営為のユニットとして考えるようでもあった。つまり、それをこの長篇に盛り込みたかった。しかも具体的な題材は、この小説の場合とくに多面的であった。私がこの小説を書いたのは、これまでも名をあげてきた文化人類学者や建築家、音楽家、そして哲学者や劇作家の、魅力にあふれる同世代の人たちと研究会を開いていた時期で、同僚に刺戟《しげき》されて読む本は多方面にわたり、あの頃の自分の書棚に強いてまとまりをつければ、構造論的な知のもろもろとでもいうほかなかったろう。それらはすぐにも小説のなかに流入した。

そういうわけで、仕事をはじめた私は実際に刊行された『同時代ゲーム』におさめたより一篇多い、七つの長めの中篇小説を書きあげ、その上で全体を統一しようとしたのだった。しかし、その手段がなかなか見つからないのである。いったん初稿を書きあげてからの操作にあのように苦しんだことは他にない。

しかし永い期間、七つの中篇を編集すべく空《むな》しい苦労をかさねた私は、ついにこれらの物語の語り手が、かれにとって特別な思いの対象である、およそ風変りな生き方の妹に向けて手紙として書きつづったものとして、統一することを考え出した。その動機《モテイヴエイシヨン》づけによっての、統一のための最初の書きなおしにあたって、私は次のような書き出しから語り始めることになったのだ。あの小説を評価してくれる批評家が少なくて当然だったろう。

《妹よ、僕がものごころついてから、自分の生涯のうちいつかはそれを書きはじめるのだと、つねに考えてきた仕事。いったん書きはじめれば、ついに見出《みいだ》したその書き方により、迷わず書きつづけるにちがいないと信じながら、しかしこれまで書きはじめるのをためらってきた仕事。それを僕はいま、きみあての手紙として書こうとする。妹よ、きみがジーン・パンツをはいた上に赤シャツの裾《すそ》を結んで腹をのぞかせ、広い額をむきだして笑っている写真、それにクリップでかさねた、きみの恥毛のカラー・スライド。メキシコ・シティのアパートの眼の前の板張りにそれをピンでとめ、炎のような恥毛の力に励しをもとめながら。》

軒なみ低い評価への、さらなる総評とでもいうか、こういう批評の声が思い出される。私が高校一年の時にその全集が出はじめ、偶然のようにそれを読んでフランス文学に向けて眼をひらかれることになった批評家小林秀雄によって直接声をかけられたのだ。決してまったく好意的でなかったとも思わないが、――あのような小説が批評家に受け入れられると思っているのか？　それならきみはノンキ坊主《ぼうず》だ、おれは二ページでやめたよ！　読者からも、よく迎え入れられた、という印象はなかった。私としては、これが自分にとってもっとも重要な小説だと、防戦これつとめたのであったが……

それからずっと名誉回復への思いを誘われていた私は、六年ほどもたって、あらためてこの長大な小説に正面から立ちむかいなおすことにした。あれは批評家からも読者からも冷淡に遇されたけれど、どう考えても自分にとっては大切な小説なのだ。これをこのまま忘れ去られるのにまかせていいものだろうか？　私のうちにはあらためてロシア・フォルマリズムのもうひとりの代表者エイヘンバウムの言葉がよみがえっていた。トルストイは、つねにそうではないという、暴露し破壊する力を、かれのほとんどあらゆる手法のなかに隠していた、とエイヘンバウムは論証していた。つまり徹底した異化の使い手なのだ。私も、この小説の全体に対して、そうではない、その書き方ではだめだと自分でいって、それも実際に書きなおしてみることで、小説全体にものとしての手ごたえを生きいきとよみがえらせてみるべきではないか？

そういうわけで、私が友人たちとの共同編集で刊行していた雑誌『へるめす』に書き始めたのが、『M／Tと森のフシギの物語』だった。こちらを書く以上、私は『同時代ゲーム』に向けてなによりもまずはっきりと、そうではない、といわねばならなかった。そこで私は出発時に『同時代ゲーム』のナラティヴに対して、まずそういうことにした。

そのために私は自分が知の訓練で作りあげたナラティヴでなく、子供の時森のなかの谷間で祖母や母から聞いた神話と歴史の伝承を、彼女たちの話しぶりそのままの語り口でつたえることにした。すくなくとも私がそのように聞いたまま耳に残しているナラティヴを、語り手の聞き書きのような仕方で書きうつしてゆくことにしたのであった。

《M／T。このアルファベットふたつの組合せが、僕にとって特別な意味を持つようになって、もう永い時がたちました。ある人間の生涯を考えるとして、その誕生の時から始めるのじゃなく、そこよりはるか前までさかのぼり、またかれが死んだ日でしめくくるのでなしに、さらに先へ延ばす仕方で、見取図を書くことは必要です。あるひとりの人間がこの世に生まれ出ることは、単にかれひとりの生と死ということにとどまらないはずです。……僕は自分にとってのその見取図に、M／Tという記号をしっかり書き込んでいるように思うのです。それも生涯の地図の、じつにいろいろな場所に繰りかえして。》

『同時代ゲーム』の翻訳はロシア語版があるのみなのに——そこでは、用心深いユダヤ人の訳者にスターリン主義への批評と受けとめられたところが削られた——、『M／Tと森のフシギの物語』は、いちはやくフランスやスウェーデンで翻訳され、私の中期以後の作品の西欧での評価の基盤が作られた。スウェーデンの重要な作家エプスマルク氏によるノーベル賞の選考委員会評では、この小説と『万延元年のフットボール』がもっとも重視された。それでも私がなお抱くもうひとつの野心は、こうだ。今度は『M／Tと森のフシギの物語』に対して、そうではないと異化の声を発しつつ『同時代ゲーム』にたちかえってくれる批評家、読者が現われてくれればどんなに倖《しあわ》せだろう……

それにあわせてあらためて思うのは、私のそもそもの出発点としての短篇『奇妙な仕事』が、もう失われてしまった一幕劇『獣たちの声』を、その形式ごとまったく異化するかたちで書かれた作品だった、ということなのだ。

六章　引用には力がある

1

この文章を書く機会に、初期からずっと自分の小説を読みかえして、あらためて気づいたこと。それは若い頃からあきらかな引用への偏愛である。こちらは引用の記号こそつけていないけれど、『叫び声』の冒頭に語り手がのべている内容は、サルトルがスペイン市民戦争の悲痛なルポルタージュのために書いた解説の一節からだ。この小説を発表した直後、酒場で会ったはるか年長のフランス文学者から――私らの年代の仏文の学生は、この人のサルトル訳のヤワさをせせら笑っていたが――この部分についてしつこくからまれた。ついに殴りつける決心をしたところで、生酔いらしく本性にみちびかれて危険をさとった相手が席を立って、私はその頃始まっていた酔うと乱暴する男という悪名をかさねないでいられた。

『個人的な体験』になると、いかにも多様な引用が見られて、作者からいうことではないかも知れないが、むしろ不思議な気持がするほど。この引用への好みは、当の長篇にさきだつ短篇『空の怪物アグイー』での映画『ハーヴェイ』の兎《うさぎ》のイメージに始まり、中原中也の詩句にいたるところですでにあきらかだと思うけれど。

『個人的な体験』では、冒頭のミシュラン自動車旅行者用地図のアフリカ関係について書いているところが、すでに引用だ。生まれてきた子供がアポリネールのように頭に繃《ほう》帯《たい》をまいている、というところも。続いてブレイクの『天国と地獄の結婚』からの一句と、かれの版画についての描写。この小説を書いてから二十年ほどたって、幾年間か私はブレイクの預言詩《プロフェシー》にのめり込んで暮した。しかしそれに先だって、高校生の頃から好きだったブレイクの短い詩と、預言詩のちょうど中間にある形式の、『天国と地獄の結婚』を愛読していたことがわかる。ブレイクの日本での流行は周期的で、私より四半世紀上の世代の大岡昇平、埴谷雄高らにとってもその青春時のブレイク熱は深いあとを残したようだ。単に短詩のみでない、しかし預言詩の全体についてではない、ほぼ『天国と地獄の結婚』までのブレイクの読みだということのわかる話を両者からそれぞれ聞いたことがある。

さて、それに加えてヘミングウェイの『陽はまた昇る』に出てくる電文。genuine という英単語も、上の電文とおなじくアルファベット表記のまま引用されている。さらに『マクベス』の一節。そして、これはさきに書いた別の小説で語られている内容の引用ともいうものだが――後に私はそれを多用することになる――中篇『不満足』からの引用。それに登場した人物が、そこでの物語を過去と現在に担《にな》って、達者なバイプレイヤーの役割を果たしている。

また私が『個人的な体験』と並行して書き進めていた長篇エッセイ『ヒロシマ・ノート』の内容が、写真のネガのようにこの小説の幾つものシーンに反映しているのも、引用のひとつのかたちといいうるだろう。そしてこういう捩《ね》じくれたところもあるかたちでのヒロシマの書き方を私に暗示してくれたものとして、ここに直接その名は出てこないが、第二次世界大戦の終りのドイツを舞台にした物語を書きながら、現にそれを執筆している時間でのマンデス・フランスによるサハラ砂漠での核実験を繰りかえし口にする、セリーヌ最後の三部作の書き方があったことにも気づくのである。

そして小説最後の、ブルガリア語が念頭にあったけれど実際には書きあらわされない「忍耐」というバルカン半島の国の言葉。むしろその単語が頭上に大きいネオンサインのようにかかって『個人的な体験』は終り、私の人生と小説とに新しい季節が始まったのだった。

2

小説家の生活を永く続けることになる以上、どのように長距離走者の走法を身につけるかに、その生涯の全体の意味はかかっている。最初から短距離走者としての覚悟をかため、小説家としての生のみならず、人間としての生涯までも、疾走してしまうタイプはいる。日本の近代・現代の、百年を越える文学史を辿《たど》って、代表的な短篇を批評する作業をしたことがあるが、めざましい輝きを示すのは、この短距離走者タイプの残した作品だった。かれらの多くが、早く始め、早く終えた——それが、早く死ぬ、ということである場合も多かった——。

長距離走者のタイプの場合、もっとも倖《しあわ》せなかたちだと感じられるのは、人生において、小説家になる前に充分な準備期間をとっている場合である。漱石のように文学研究の専門家として準備をした場合、また鷗外のように、現実社会での職業と文学研究が重なってこそいないまでも西欧研究ということでは同一の方向を示している場合、というように。しかし漱石、鷗外ともに、小説家として全力を発揮した期間は短かかったことにも、注意をとどめるべきではないだろうか？

しかし多くの小説家が、早く始めてしまう。トーマス・マンのように完成した文体家として早く始め、大きく豊かな壮年期を演出し、苦難のまじる晩年にも豊饒《ほうじょう》な完成の歩みはとめることのなかった作家はまことに稀有《けう》の人である。それでいて、早く死んだロベルト・ムージルが、時にマンよりもさらに天才的だと感じられることがあるのは興味深いが。ともかく、多くの小説家にとって、その早く始めてしまった文学的生活を、中だるみせず、末ぼそりにもならぬ仕方で、いかに生産的に充実させるかが問題となる。

私にとって自分の小説家としての人生に有効な実際の教示をあたえられたのが、大学で教わったのみならず最晩年まで導びいてくださった渡辺一夫教授だった。まだ大学にいたか、卒業していたか、とにかく『個人的な体験』に書くことになる出来事より以前だったことは確か。

――ジャーナリズムの評価というか、端的にかれらのきみへの態度は、すぐにも変るものでアテにならない。批評家の先生方の、きみへの対し方も同じ。かれらは偉い人たちだから、とくに！　きみは自分の仕方で生きてゆかねばなりません。小説をどのように書いてゆくかは僕にはわかりませんが、ある詩人、作家、思想家を相手に、三年ほどずつ読むということをすれば、その時どきの関心による読書とは別に、生涯続けられるし、すくなくとも生きてゆく上で退屈しないでしょう！

それからの私の人生の原則は、この先生の言葉だった。三年ごとに対象を定めて読むということを生活の柱とする。それは私を若い年齢でマスコミに出たことからの頽廃《たいはい》から救い出してくれたし、その読書から次の小説への頼りになる呼びかけも聞えてきたのである。そのあきらかな例が、ブレイクの引用にみちみちた『新しい人よ眼ざめよ』の場合。

この連作の初めには、私がその三年ほど集中して読む対象を、当の期間の終りがたに次のそれへとどう切りかえるかの報告も、実例として示されている。私はブレイクに移る前の三年、マルカム・ラウリーとその研究書を読んでいた。そこでラウリーからの引用を示して、新しい連作の初めにそれまでの三年間のしめくくりをつけようとしている。つまりそれまで左の一節に象徴されるラウリーの側面に焦点をおいて、アルコール依存症だった『活火山の下で』の作者に接していたことがわかる。

《私は、罪にみちておりますゆえに、誤った様ざまな考えから逃れることができません。しかしこの仕事を偉大な美しいものとする営為において、真にあなたの召使いとさせてください。そしてもし私の動機《モテイーフ》があいまいであり、楽音《ノート》がばらばらで意味をなさぬことしばしばでありますなら、どうかそれを私が秩序づけうるようお助けください、or I am lost……》

それから私はすぐにもブレイクを読み始めたしるしに、この一節と共鳴音をたてるように自分としては感じていたブレイクの『無垢《むく》の歌』からの引用で連作を展開して行ったのである。この連作の場合、さらに作中のイーヨー、そして私の家庭での実際をいえば光という障害を持つ子供の発した言葉をゴチック活字で——それは翻訳される際にはイタリックとなるはず——引用した。そして両者があいまって、この連作の文体を、それも文章のそれにとどまらず、作品全体のレヴェルの文体を決定することとなった。

《——ああ、大丈夫ですか、善い足ですねえ！　本当に、立派な足です！》

ブレイクからの多くの引用の見本としては、すでに駒場の図書館でのこの体験については書いたが、当の預言詩《プロフェシー》の全体は知らぬまま、ただその一ページを盗み読むようにして印象をきざまれたところの引用を書きうつしておく。アルファベットによる原詩を織りまぜることで、日本語の文章に多様なテクスチュアの感覚をみちびく、ということも私の意図にはあった。

《人間は労役しなければならず、悲しまねばならず、そして習わねばならず、忘れねばならず、That Man should Labour & sorrow, & learn & forget, 労役することと悲しむことを、対立項としてでなく、隣接する生の二側面と受けとめる仕方が、十代の終りの僕の、父が死んだ後の母親の働きへの思いもあり、納得させるものがあった。それにかさねて次の句が、自分の将来へのおそろしく的確な予言と感じられるものであったの

だ。》

ブレイクの文字使いの癖も、それを日本語の字面《じづら》のなかに引用としてそのままいれると効果があるように感じられた。右の引用の Labour の L は、広く流布したジョフリー・ケインズの版で大文字、詳細に新しく註解されたディヴィッド・V・アードマンの版では小文字。したがってとくに大文字で引用する必要はなかったかも知れないけれど、こうした細部におけるブレイクのおどろおどろしい文字使いが面白かったのである。そうした経験から、ブレイクの原版で確かめるために、自分にとっては高価なトリアノン・プレスの複刻版を古書店で探すことにもなったのだった。

この連作では、ブレイクのテキストからのみならず、さらに様ざまな書き手の文章を——自分の評論さえもふくめて——引用している。それらの内容が作品の展開に必要であったのはもとよりのこと。さらにおのおのが、ブレイクの翻訳とも私の小説の文章とももちがうテクスチュアのもので、それらが作品全体の文体の多様化に役立つと感じていたのであった。

渡辺一夫のエッセイから。《「狂気」なしでは偉大な事業はなしとげられない、と申す人々も居られます。それはうそであります。「狂気」によつてなされる事業は、必ず荒廃と犠牲を伴ひます。》

私自身の評論。《多数の自衛隊員を観客として、かつテレヴィ・ニュースを予想していたMのアジ演説から割腹自殺にいたる身体演技《パフォーマンス》は、戦後もっともよく練りあげられた政治の見世物であった。》

井筒俊彦訳、『コーラン』から。《さて、（その子が）あれのあとについてあちこち歩き廻われる年頃になった時、「これわが子よ、わしは、お前を屠《ほふ》ろうとしているところを夢に見た。お前どう思うか」とあれが言うと、「父さん、どうか、（神様の）御命令通りなさって下さい。アッラーの御心《みこころ》なら、僕きっとしっかりして見せますよ」と答えた。》

ガストン・バシュラールの宇佐見英治訳。《いまでも人々は想像力とはイメージを形成する能力だとしている。ところが想像力とはむしろ知覚によって提供されたイメージを歪形する能力であり、それはわけても基本的イメージからわれわれを解放し、イメージを変える能力なのだ。》

さらに私は自分の小説のなかから、それぞれに異なる文体を持った『ピンチランナー調書』『同時代ゲーム』『「雨の木《レイン・ツリー》」を聴く女たち』を引用した。最後の作品では、武満徹がこの連作の初めの作品から引用して作曲した音楽に言及することで、引用の効果を二重にすることもめざした。さらにそれにあわせて上原敬二『樹木大図説』から

「雨の木《レイン・ツリー》」をめぐる記述まで引用する始末。

そして『新しい人よ眼ざめよ』の連作はトリアノン・プレス版で見る『ジェルサレム』の、「生命の樹」にはりつけにされたイエス像にあわせての引用と、『ミルトン』序からの引用でしめくくったのだった。

《「Rouse up, O, Young Men of the New Age! set your foreheads against the ignorant Hirelings! 眼ざめよ、おお、新時代《ニュー・エイジ》の若者らよ！　無知なる傭兵《ようへい》どもらに対して、きみらの額をつきあわせよ！　なぜならわれわれは兵営に、法廷に、また大学に、傭兵どもをかかえているから。かれらこそは、もしできるものならば、永久に知の戦いを抑圧して、肉の戦いを永びかしめる者らなのだ。」ブレイクにみちびかれて僕の幻視する、新時代《ニュー・エイジ》の若者としての息子らの——それが凶々《まがまが》しい核の新時代《ニュー・エイジ》であればなおさらに、傭兵どもへはっきり額をつきつけねばならぬだろうかれらの——その脇《わき》に、もうひとりの若者として、再生した僕自身が立っているようにも感じたのだ。『生命の樹』からの声が人類みなへの励ましとして告げる言葉を、やがて老年をむかえ死の苦難を耐えしのばねばならぬ、自分の身の上にことよせるようにして。「惧《おそ》れるな、アルビオンよ、私が死なければお前は生きることができない。／しかし私が死ねば、私が再生する時はお前とともにある。」》

3

あらためて考えることだが、『新しい人よ眼ざめよ』になぜ私はこれほど多くの引用をしたのだったろう？　主題からいえば、私は光との共生の二十年に立って、はじめて正面からそこに照明をあてる小説を書こうとしていた。頭部に畸型《きけい》をそなえて誕生した時から、たとえ言葉によってではなくとも、自立への意志を全身で訴えている光の二十歳の現在まで。これを一本の柱とすれば、それに対抗しうる強さのもう一本の柱が、小説のバランスのために必要である。そこで私は、ブレイクを読む行為をまるごとそれにあてることを考えたのである。むしろ、当の三年間を目安にブレイクを読み続けるうちに、そこから喚起されたものを片方の柱として、光との共生の物語を書くことを思いたったというべきかも知れない。

光の物語を書くことがまず中心にあり、ブレイクから読みとるものが、それを支える副主題となったというのではない。両者は構造的に支えあう二本の柱のようだった。アードマンの、社会思潮、政治的態度を強調して読みとる仕方にならってブレイクを読んでいた時、私は光の存在に社会の側からの照明をあたえることができた。その勢いで、光ぐるみ、自分の家庭が社会との間に見出《みいだ》さざるをえない摩擦、抵抗を連作中のその短篇の主題に選ぶことになり、ブレイクを翻訳して引用する方向についても、そのやり方となった。

とくに私は、アードマンによるロマンティシズムの社会的な文脈に向けた掘り下げに感銘を受けたから、ブレイクの預言詩《プロフェシー》『アメリカ』を、かれのみちびきのままに訳して引用している。アードマンは、ブレイクがアメリカの独立宣言の思想を一項ずつ詩の言葉とイマジェリーで表現しなおしたとする。そして、この思想実現の闘いを権利とし義務とした人々が、圧制をくつがえした後のいかにも想像的な光景。《そして明るく晴れわたった夜に、美しい月が喜びをあらわす。／なぜなら帝国はいまやなく、獅子《しし》と狼《おおかみ》は戦いをおさめるだろうから。》

一方、アードマンと対極にある詩人キャスリン・レインのネオ・プラトニックな神秘思想に深く根ざしたブレイクの読みとりにみちびかれて、私は自分の死後の魂の、息子を介したよみがえりという夢想を描くことになった。私がレインに直接指示されるようにして訳し、引用したのはブレイクの次の一節である。

《想像力《イマジネーション》のこの世界は、永遠《エターニティー》の世界である。それは、われわれが植物のように生じた肉体の死のあとすべて行く、神なるふところである。想像力の世界は無限であり、永遠である。けれども生殖される、あるいは繁殖する世界は有限の一時的なものだ。われわれが自然の植物の鏡のなかに反映しているのを見る、あらゆる事物に恒久のリアリティーは、かの永遠の世界にある。すべての事物は、救い主の神なる肉体のうちにある、それらの永遠の形式《エターナル・フォオームズ》によって理解される。救い主、真の永遠の葡萄《ぶどう》の樹《き》、人間の想像力、それは私に永遠なるものが確立されるように、聖人たちのなかで審判に加わること、一時的なものを投げ棄《す》てることとして現われた。》

そのうちブレイクの神秘思想は、この連作に引用した範囲で私を惹《ひ》きつけるにとどまらなくなり、『新しい人よ眼ざめよ』からはみ出して茂った。その豊かな枝葉のもとで、私は次の読書の対象にダンテを、さらにイェーツを選ぶことになった。そして十年ほどの時がたち、私はダンテに支えられながら『懐《なつ》かしい年への手紙』を書き、イェーツに鼓舞されて『燃えあがる緑の木』を書いたのだった。

4

小説の言葉、文章、そして作品全体にいたる様ざまなレヴェルでの文体というべきものを多様にするために引用を積極的にするという私の考え方は、これまでにあげた私の実際の小説をあとづけられるならば、大方の読者に納得してもらえるのではないだろうか？　それに加えて、私としてはこのように引用をかさねながら小説を書いてゆく際の小説家の内面について、自分にめずらしく感じられた経験を書いておきたいと思う。

『懐かしい年への手紙』の場合を例にとることにしよう。長篇の主人公ギー兄さんは、山川丙三郎訳によって『神曲』を読んでいるが、原典も詳細に参照しているのらしい。あわせて、おもに英語で書かれたダンテの研究書を読んでゆくことを、四国の森のなかの谷間の村での生活の、精神的ないとなみの軸にすえている。一方、活動的な側面についてみれば、自分の住んでいる「屋敷」とその周囲の地所を使って、近郊の若者たちに新しい生活のタイプを教えようとしている。ところが、それはなかば事故のような犯罪事件によって中絶してしまう。獄中で過した数年をはさんで、ギー兄さんの生活には、あらためてダンテを読む作業が揺るがしがたい中心を占めることになる。

もっともギー兄さんは、ダンテの研究者として新しい翻訳を試みたり研究論文を作ったりすることはしない。大学で講義をするのでも、研究会を組織するのでもない。ギー兄さんがダンテ研究の成果を表現するのは、かれの弟子格の友人——この小説の語り手でもある——「ぼく」に対してのみである。直接話したり、手紙を書いたりすることをつうじて。さて、かれらの会話に反映し、手紙にもあきらかなギー兄さんの引用癖について、小説のなかで「ぼく」はあらかじめ説明していた。

《ギー兄さんは、それがかれの性癖のひとつだが、気軽な間柄での手紙でも相手の書い

た文章を要約しない。直接に引用しながら、次のように書いていた。……》

こういう設定で小説が語られてゆく以上、ギー兄さんの、またそれに呼応する「ぼく」の負けず劣らずの引用への好みから、ダンテとダンテ研究書の引用がひんぱんに現われることになる。そのように引用して語るほか内面をよく提示しえないギー兄さんの生き方、考え方が小説で物語られているといってもいい。そこで引用の、第二の必然性があきらかとなる。

小説の地の文章に対して互いに力を及ぼしあう関係において、引用の文章が置かれる。地の文章は、引用の文章に支えられて奥行きをます。ギー兄さんの生活はダンテをめぐって読むことに支えられている。それも現実生活とダンテを読む生活が等価のものというより、むしろ後者の比重が大きく、それは自由に前者を侵食することさえある。現実生活に対してダンテを読む生活が引用されて、力をおよぼしているかのようだ。小説はその実況中継のように語られてゆく。そこでダンテの引用は、特権的な働きをすることになる。

ギー兄さんは、遠くない死を覚悟せざるをえない癌《がん》の手術直後にも、ダンテを語る。それはかれがダンテを介していかに生と死の臨界を生きたかの、なまなましい報告である。ギー兄さんはダンテ学者フレッチェーロの論文によって、「地獄」「浄火」「天堂」

の――この翻訳の言葉も、山川訳の引用なのだが――、それぞれの表現にはっきりした差異があることを学んだと話す。地獄を旅する者らは、この現実世界でとおなじ仕方で事物を観察するように書かれている。煉獄《れんごく》では、巡礼者の「心のドラマ」をつうじることで想像力的に。そして天国では、記される文字そのものが実在で、究極には、次の一行の言葉自体にふくまれてしまう世界がある。《日やそのほかのすべての星を動かす愛に。》

それを語り手に説明しながら、ギー兄さんは、痛みどめの点滴によってよく眠った前夜に見た夢のおかげで、《確かに Paradiso の言葉は実体だと、なにかを代理してあらわすというのじゃなく、それ自体が詩の実体だと、一挙にわかった気がしたんだ……》という。さらに次のように続けるのである。

《自分の見た夢は、Paradiso そのものの夢じゃなくてね、テン窪《くぼ》の人造湖の夢なんだよ。水がいっぱいにたまっていて、そこに小さな舟を浮べてね。ボートならこの前から準備してあるんだ……夢で小舟に乗っていて、その自分の合図で、堰堤《えんてい》が爆破される。川下の反対派が惧《おそ》れたとおりにね。そこで真黒い水ともども、自分が鉄砲水になって突き出す。その黒ぐろとしてまっすぐな線が、つまり自分の生涯の実体でね、世界じゅうのあらゆる人びとへの批評なんだよ。愛とはまさに逆の……そう考えて、すべてを理解した感じで眼がさめた。……眼がさめた後では、その意味の明確さということ自体、しだいにあいまいになっているけれどもね。》

ここに『神曲』から直接な引用がなされているのでないが、ギー兄さんの考えそのものが、ダンテの引用によってなりたっているということができる。自己の内面をダンテの引用で埋めつくすことによって、ギー兄さんはかれ自身の人生が理解しつくせた、と感じる。しかもその理解は、ギー兄さんの生涯の終りの行動法を作るものでもある。実際にギー兄さんには、大雨の夜に堰堤を爆破して、黒ぐろとした鉄砲水のまっすぐな線となって突き出して行くこともありえたのだ。

5

ギー兄さんと小説の語り手の「ぼく」を重ねれば、この長篇の書き手である私にほかならないのじゃないかと、そのように問いかけられれば、私として単純に否定することはできない。実際、私の一生は、ギー兄さんと同様、引用することで経験した細部の多くに代行させることができるかと思えるほど、書物を読むことを大切な要素とするものだった。

そういうわけで、私がこれから自分の生をしめくくるつもりでこれまで生きた全体をスケッチするとしたら、それは徹底して複雑な入れ子細工の箱となって、引用のなかの引用の、また引用の、という様相を呈するのではあるまいか？

本来、言葉とは他人のものだ——こういいきるのが過激すぎるなら、すくなくともそれは他人と共有するものだ——。言葉の海の共有ということを考えなければソシュールのいう意味でのラングは考えられず、個人による具体的な発語としてのパロールもない。赤んぼうがいま習ったばかりの——他人から借りたばかりの——言葉によって発語する。それと本質において違ったものではなく、ただそれに意味の奥行きを加えただけのものとして、われわれの発語がある、ということもできるだろう。そういえば、すべての小説も詩も、他人との共有の言葉によって、つまり引用によって書かれてきたのだ。

私が若い年齢での文学生活の初めから引用を大切な方法と考えてきたのは、方向として正しかったと思う。もちろん、こういう発想はすでに数知れぬ人たちによってなされてきたはずで、こう書きながらも、私は意識しないまま引用をしているはずなのである。

七章　森のなかの祭りの笑いから

1

子供の頃の生活をあれこれ具体的に思い出してみると、同年代の都市出身の者たちにくらべて、公的な教育環境との出会いはおよそ異質である。博物館、美術館は、一日かけて汽車の旅をするのでなければ行くことのできない場所だった。演劇についても音楽演奏についても、同じ。谷間にある芝居小屋が、まあそれと似た体験をあたえてくれたのみだ。サーカス？　子供の時分それをどうとらえていたかを考えてみると、頼りない空想のなかにとんがり帽子のテントと見たことのない動物たちの、露出の悪い映像のようなものがぼんやり浮ぶ。戦中に一度だけ芝居小屋に来た興行で、一座のスターだったカンガルーが抜け出して街道筋を駈《か》けくだり、動物と同じほどの背たけの痩《や》せた男が懸命に追いかけてゆくのを見送ったのが、私の見たサーカス的スペクタクルの突出した唯《ゆい》一《いっ》の例だった。村の学校には図書室すらなかった！

だからといって、私が教育されなかっただろうか？　むしろ、逆じゃなかったかと思うのである。子供の知能、感性、それに魂までひっつかまえて教育してやろうという、多面的な呼びかけが、森の高みから谷間の底を流れる川にまでみちみちていた、という気がする。むしろ私にはひ弱い肉体の訓練にかける時間がたりないほどだった。こうしてみると、子供の教育のなかで、むしろ体育のみが機関や制度に大きく依存するものではないだろうか？　もとより、子供それぞれの個性ということがあるけれど。

　さて、子供の私に深くきざみつけられた教育的な出来事のひとつに、村で起った縊死《いし》事件があった。どのような季節だったろうか？　谷間に張り出した山裾《やますそ》の、耕作も投げやりなふうなわずかな空間の、見通しだけはよかったこと、それでもカラフルな紅葉の印象はなかったことで、秋も終りから冬にかけての、あるいは若草の生い茂る前の春先だったと思う。

　私も時どき道筋で見かける男であったのに、その死を聞いて心を動かせられなかったばかりか、いったいどのような来歴の人だったかを、周りの大人たちのひそひそ話に耳をかたむけて知ろうとも思わない。いわば、谷間の人間社会の窪《くぼ》みか翳《かげ》りに属していたような感じの、四十がらみの小柄な男。ところが、このなんでもない男が首を縊《くく》ったという情報がつたわっただけで、谷間の集落は時ならぬ祭りの雰囲気となった。街道ぞいにめずらしく濃い人通りができた。私もそれに加わって見物に行ったのだから、日曜の朝でもあったのか？

場所は、稠密《ちゅうみつ》な樹林に囲まれた神社の高みから西へ降りた、貧弱な疎林《そりん》のなかの、そこに人が参っているのを見たことのない御堂の裏で、古い梅の木に男はブラさがっていた。その場所の印象に、私はまず寂しい気持を抱いたのだった。人が首を縊るのは、誰からも忘れられたような、こういう陰気な場所なのか、と……

ところが実際に人が首を縊ると、谷間の集落の者のみならず、山間いの集落「在」の住人たちまでが出て来て、盛んな見世物を見るように気負いたっているのである。注視されている首縊り人が折れそうな枝からなおもブラさがったままなのは、隣町の警察署に連絡に行った巡査が責任ある人を連れて来るまで降ろしてはならぬからだ。

はしっこい子供だった弟は、人ごみをくぐりぬけると首縊り人のすぐ脇《わき》に進み出て、胴体を突っついた。首を縊った人はひとしきり揺れて、またまっすぐに静止した。そして私には、いまも覚えている強い感情をともなった発見があったのだ。あの首を縊った人は、空から地面へまっすぐにブラさがっている、この世界にまっすぐブラさがっているところは、なにかを測る錘《おも》りのようだ……

そして私は、子供心に不思議な納得を抱くようであった。谷間と「在」からこれだけ多くの人間が集って昂奮《こうふん》しているのは、首を縊った人がまっすぐにブラさがっているからにちがいない。それにしても、なんと垂直であることだろう！　そして私は不謹慎にも笑い出しそうだった。実際その私の周りにひしめきあうような誰もが、笑顔と水と油ではない顔つきであったのだ……

　生と死について、私は見物に集った生きている人間と首を縊ってブラさがっている死んだ人間と、という仕方で具体的に考えることがあったわけだ。そしてこの経験のみならず、森のなかの谷間の子供の生活には、それと類をひとしくする自己教育の機会はしばしばあったのである。さらに私の場合、祖母と母とが、歌うような、しかも妙にそっけない調子で語って聞かせる、森のなかの神話と歴史の伝承の話が、やはり同じように教育的な性格のものであったと、いまとなってはしみじみ感じられるのである。

2

　研究者の書く評伝にはつねに見られながら、作家の自伝あるいは回想のエッセイには稀《まれ》にしか出て来ない種類のことがある。そのひとつが、少年時のある出来事がきわめて大切であるために、それを書こうと心にきめて自分を小説家に作った、という告白である。他者の眼から見る時、しばしばそれは明らかであるのに、どうして作家自身は自覚的にそれを書こうとしないものなのか？

もっとも私自身にしてからが、幼・少年時の出来事で自分の小説家としての生涯に重要だったと感じられるものをこのように記憶しながら、それを文章に書かないできたことに気がつく。

幼年時の、もうひとつのそうした思い出。まだ母親の膝《ひざ》に抱かれていた様子も記憶のなかにあるから、三歳より上ということはあるまい。街道沿いの医院が引越してゆく。その家の同じ年頃の子供が、三輪車と、やはり足で漕《こ》ぐ自動車を持っている。どちらか一台、好きな方をあげよう、と医師の奥さんにいわれる。ブリキで車体を造った自動車がいいにきまっている。そう思いながら自分の口からは三輪車という返事が出て、われながらあまりの口惜《くや》しさに私は母親の衿《えり》もとに顔を埋めてしまう。

こちらはもう六歳になっている。太平洋戦争が始まったことを、これまで見たことのない男が川下の町から走りづめに走って知らせに来た。話を聞いても黙ったままの父親の脇から母親が差し出したお盆のコップ酒を一息に飲んで、お代りをし、そのまま土間から上ったところの板の間にうっぷせて眠る男。さらに、戦争が終った、それもまことにありえないはずだったことだが、敗《ま》けて終った日、天皇の声がそれを告げてラジオから響く……

すでに書いたとおり、これら現実の出来事と等価といっていい仕方で、子供の私に濃密な現実感をもたらしたのが、オコフクの一揆《いっき》をはじめとする、祖母や母から聞いた森のなかの小宇宙の伝承だった。それに加えて、私はいつもそれらで血管を暖めて生きていた森と川の間の、自分の生活圏の風土が、私の幼・少年の夢想に揺がぬリアリティーをあたえてくれていた。

さて、そこでの話だが、私はこのような情況に生きながら、自分がそれらについてやがて書くだろうと思ったことはなかった。確かに私は「雨のしずく」の詩を書いたし、教室では周囲の子供たち同様に作文も書いていた。しかしとくに作文は、いまのべたような、自分にもっとも切実な記憶、経験とは別のものを書くことにしていた。私が耳で聞き覚えた伝承を作文にまぎれこませることなど、思いもつかぬ話。小、中学校の教師に指導される作文は、村の子供にとって、「公的言語」の訓練のためのものだった。そこへ「私的言語」たる方言をまぎれこませてしまえば、文法的間違い、ボキャブラリーの逸脱以上に叱責《しっせき》された。祖母や母の語って聞かせる伝承こそ、「私的言語」のきわみのようなもので、それを友達に向けて冗談めかして話すことこそあったが、文章に書くなどは思ってもみなかったわけである。

いまも私には、友人や知人に話をする時、その基盤に道化話としての笑いのトーンを置かなければ、居心地悪く感じるところがある。それは子供の頃の「私的言語」としての話ぶりのなごりであろう。文章に書く「公的言語」の表現にはなじまぬものとして、私は森のなかの谷間での経験を書いてみようとは決して思わなかったのだった。

3

それが東京の大学に入ってから、大きい転機を迎えたのである。そして大学で具体的に自覚してみると、当の転機はこうして実のるまでには時間のかかる種子が早くからしっかりと播《ま》かれていたと思えたのだった。

私が最初からフランス文学科に進学することを目標に東京大学へ入学したのは、端的に渡辺一夫教授に教わりたいとねがったからだった。それも高校の二年の夏に出会った岩波新書版『フランス・ルネサンス断章』をきっかけに、渡辺一夫のエッセイ集を続けて読んできたことが唯一の動機だった。だからといって、私がフランス文学の研究者になることをめざしていたかというと、かならずしもそうではなかった。自分にはなんであれ専門研究者となるための基盤になるべきものがない、と自己診断してもいたのだったから。

私はいわば魂の喜びをもとめて渡辺教授の教室に出ていたような気がする。研究者になる気がないのはもとより、高校教師にもマス・コミの仕事にも適性がないと感じていた。つまりフランス文学科に在学し続けるかぎり、就職についていえばお先真暗なのであった。そのうち私は小説を書き始めて生活費をえたから、就職の課題は緊急なものでなくなったが、実をいえば作家としての将来ということでお先真暗の思いに変りはなかったのである。

しかしともかくフランス文学科の学生でいることは喜びにみちていて、在学中から渡辺一夫訳『ガルガンチュアとパンタグリュエル』(白水社版)も読んでいた。なぜ原文を読まない、と不思議がられるかも知れないけれど、現代フランス語訳を手がかりにしてであれ、この原典を読もうとつとめたことのある人なら、ラブレーが学部の学生の手におえるものでないことに同意してもらえるだろう。

私は渡辺一夫訳『ガルガンチュアとパンタグリュエル』に強く引きつけられた。しかも自分で小説を書き始める前も、その後も、こうしたものは日本語で書かれる小説とは別物だ、と考えていた。それでもいま初期作品に痕跡《こんせき》をたどってみれば、わずかなものであれ私が自覚なしにそこから影響を受けているところもあきらかなのだけれど。そのようにして、かなりの永さの時が過ぎていた。

そのうち私はロシア・フォルマリズムの理論家たちの仕事とめぐり会うのに前後して、バフチンの『フランソワ・ラブレーの作品と中世・ルネッサンスの民衆文化』を発見したのである。そこで初めて、私にも、渡辺一夫訳『ガルガンチュアとパンタグリュエル』が自分の書いてきた小説と、これから書いてゆこうとする小説——とくに後者——とに根本的につながっている点について意識化することができた。しかもそのつなぎ目から放射される強い光は、森のなかの谷間での出来事と、祖母と母とに聴かせられた神話と歴史の伝承にひそんでいた意味を生きいきと顕在化させるものだったのである。

あの神社の森の脇の陰気な疎林の窪みに垂直にブラさがっていた、首縊り男すらも、いまや私の未来の小説の登場人物だった……

4

バフチンがグロテスク・リアリズムと呼ぶ、その基本思想は、かれ自身の定義を簡略化して示せば、民衆の笑いの文化のイメージ・システムである。あの日、秋祭りの際でもなければ、谷間の街道筋が埋めつくされるということはない村で、それだけ数多い人間が、谷間中の家から「在」から出て来ていた。川下の町から登ってすらも来ていたのらしい。

街道筋から首を縊った男のブラさがる鎮守の森の脇の窪みを見渡せる場所に入って行くには、大きい酒倉のある造り酒屋——オコフクの一揆は村から押し出す前にそこを襲撃して気勢をあげた――の脇の、丸石を敷いた道を入って行くのが近道。そしてまだ酒が造られていた戦争の初年、醸造用の大きい樽《たる》が乾かされているのを見たことのある小広場と、神社から降りてきた場所の草原に、群集といっていいほどの人々がみちているのに出くわす……

なによりもまず、その秋祭りにもひとしい、このあたりの誰もかれもが参加してゆく雰囲気が、バフチンの言葉でいえば、祝祭的な、また全民衆的な気分が私を昂奮させていたのだ。もっともこの祭りの参加者たちが見守っていたのは、芝居や踊りといった見世物ではない、まったく陰気なものだった。それでいて、ブラさがっている首縊り男が子供に突っつかれて揺れると、陽気な気分がワッと盛りあがったのだ。

まぎれもない祝祭性は、そういう言葉によってではないが、森のなかの谷間の子供にも感じとられていたのである。しかしバフチンによるグロテスク・リアリズムの解説によって、幼い自分の受けとめていた意味をその幾重にもかさなる襞《ひだ》ひだまで私ははじめて理解できたのだ。私はブラさがっている人間を滑稽《こっけい》に感じた。それは生きていた時にもたいした人物ではなかったのであれ、やはり人間の一挙の格下げということだった。またそこに剝《む》き出しになっていたのは、人間の肉体性そのものだった。私は、樹木の枝から錘りのようにまっすぐブラさがる人間の身体《からだ》に眼をひかれていたのだったが、その一本の垂直な線は、この谷間の畑地の地面から、森、空、続いてははるかな宇宙の高みへまで昇って行くひとつつながりのものを示しているようであった。

もっとも私は、この首縊り男から、グロテスク・リアリズムのイメージ・システムにとってさらに重要な、両面価値的なものまでよく読みとっていたとはいえない。ただ、樹《き》の枝からブラさがった滑稽な肉体は、死についてのタブーから谷間の子供を自由にしていた。私は死体を突っつきに行った弟ほどにも徹底して、死者への畏《おそ》れから自由になっていたのではなかったけれども。ただ私の方は弟が無関心だったはずの、祖母から聞いていた、谷間で死んだ魂が森へ登るという物語を、生きいきととらえなおすことができていたように思うのである。

祖母によると、谷間で死んだ者の魂は、グルグルと螺旋《らせん》を描いて広がる曲線を描いて、高みに登って行くのだった。そして森の高みにある一本の樹木を選んで、その根方に着陸する。ある時がたつまでそこにとどまった後、魂は今度は下向きに螺旋状の曲線を描いて、谷間に下降して来る。そしていままさに生まれて来ようとする赤んぼうの小さな胸に入って、新しい生命体となる。このようにしてつねに魂は森と谷間の間を行き来しているのだから、自分が死ぬことを恐れたりアクセクしたりすることはない……

それまで私は、この話を、いつもポートワインを飲んで奇怪なほど薔薇色《ばらいろ》の顔をしている変り者の老女の冗談と感じていたのだ。しかし首を縊《くく》った男の垂直にブラさがる身体を眺めつつ、周りの人だかりの昂奮した気分を感じ、自分でもそれに染って来るふうであってみると、すべてを自然に納得できる話のように感じたのである。首縊り男の垂直な線を軸として、その周りに螺旋を描きグルグル登って行く魂。それを思って森の高みを眺めわたすと、魂がその根方に着陸して住みつくにふさわしい樹はありあまるほどと感じられた……

さらに、そこからやはり螺旋状のカーヴを描く滑空をして降りてくる魂が、谷間の家で生まれて来ようとする赤んぼうの胸に入り、新しい生命体となるのだとしたら、首縊り男のことをどうして痛ましいと感じる必要があるだろう？　いまここに集って秋祭りのように昂奮している人々は、その帰って来る魂の滑空のことを思い描き、それゆえにこそ爆発的に陽気に、首を縊った男の身体から飛び立った魂を見送っているのではないか？

5

さらに私に大切なものに、周縁性という考え方があった。バフチンによって理論化されたグロテスク・リアリズムのイメージ・システムと直接結びつけることで、私はそれを自分の小説の力としたのである。私がロシア・フォルマリズムやバフチンの仕事に出会うのと同じ頃、わが国でさかんな評論活動を開始した文化人類学者山口昌男の理論に喚起されてのことでもあった。

周縁性、それは私の人生に決定的にきざみつけられていた条件である。地理的にいってそれはまずあきらかにそうであった。しかもそれにとどまらず、時代との関りにおいてそれはさらにもそうであった。国民学校に入った年、太平洋戦争が始まった。それは、私と周縁性ということにおいて、具体的にどういうことを示していただろう？

世界の周縁にある小国として、ヨーロッパ、アメリカの中心的文化圏から見れば不思議な蔭《かげ》のなかにひそむようだった国。じつに永い歴史の時、中国という東洋の中心の、文化的影響のもとにあった国。ところがなかば外圧による近代化の始まりとともに、アジア的な停滞から脱り出して西欧の急流に身を投じようと、激しい運動を開始して、中国はじめアジア諸国へ帝国主義的な侵略を行うにいたった国。それのみならず、近代化の爆発的な諸矛盾が、欧米を相手とする戦争として顕在化してしまった国、日本。

私は、その世界の周縁の国のなかでも、さらに徹底して周縁的な地方に生まれ育った子供だった。もっとも私自身には、いま概略をスケッチしたような、大日本帝国についての展望があったのではなかった。その国の周縁に、まったく周縁的な状態で生きている子供だという、当然の認識もなかった。それは複雑な内容をふくみもすることなのだが、まずあの頃の自分自身のありのままを思い出すことにしよう。

国民学校の二、三年の頃に作文を書いたことがある。森や畑に新芽の伸びてくる季節だった。その自分の生きる環境を、幼い私は、まずこの宇宙のという高みからとらえ込もうとしたのだった。それは、私がすでに科学の啓蒙《けいもう》書の、かならずしも子供向きでないものをチラチラ覗《のぞ》き込むようにしてなりと読んでいたことを示している。はっきり子供向きに書かれた科学や地理や歴史の本は、とくにその語り口において、いかにも都会的なものだった。つまり東京的なもの、中心のものであった。さきに書いたとおり宮澤賢治すらがそうであって、私にはなじむことができなかったのだ。

この地球の、この大日本帝国の……そこまでは、国家主義的な初等教育にドップリつかっている子供の考えることとして、自然だったろう。そこに生まれて、本当に良かったと思う、と成長しつづけている心身に湧《わ》き起る感情を書いているのだから。ところが、続いて奇態なほどの歓喜への心の動きが、こまかに書きつづられてゆくのである。自分は四国の、愛媛県の、喜多郡の、大瀬村の、甲ナルに生まれてなんと幸福なことだろう！　文章の続き具合からすると、あたかもこの宇宙の中心が、自分の生まれ育っている森のなかの谷間にあると信じているかのように！　西の周縁の出身の文学者ジョイスもまた同じことをしたりれども……

ところが、一方で典型的な国民学校児童でありながら、このように思いきめるについてうしろめたさを抱かせる、もうひとつの事情があったのだ。すでに書いたとおり、私には宇宙につながる独特な道すじへの思いが、祖母や母の語りつたえる伝承神話や歴史によって作られていたから。そこで私は、――天皇陛下が神だとして、宇宙と神たる天皇をタテの軸に結ぶ国家宗教観に、スンナリしたがうことができなかった。両者はジレンマをひきおこした。

それについて私は、『M／Tと森のフシギの物語』の冒頭で思い出をのべた。しかし、ここでいっている作文は教室の机で書いて先生に提出するものだった。そこで私は当のジレンマを公的な方向にむけて解消したのだ。宇宙、大日本帝国と、この森のなかの谷間を媒介する存在を想定して。

――ぼくらには皇后陛下がついていてくださる！

ここにあるのは、戦時の国家主義教育のオリエンテーションによって絶対天皇制の中心に直接吸収され同化されようとすることを望んでいる周縁の心理である。ところが子供ながらそれに無理なものを感じてもいたのだった。もっと自然に、森のなかの谷間というトポスに生きいきと自分を根付かせるものとして、祖母や母の話してくれるこの土地の伝承があったのだから。現にオコフクは、中心の政府からよこしてきた郡の最高権力に、この森のなかの民衆を竹槍《たけやり》で武装させて、刃向かった男だった。

6

戦後の民主主義教育が私に根本的な解放感をあたえてくれたのは、この背景があってのことだったのである。敗戦によって、天皇は神でなくなった。ぼくらには皇后陛下がついていてくださる！　その幻想は当然のことながら雲散霧消した。あらためて私は、自分がオコフクと共にあるという幻想を認知されたといってもよかった。おかげで私は、自分の生まれ育った周縁を中心にじかに結びつけねばならない、そうでなければ自分らはまったくとるにたらぬものだという、切迫した感情にとらわれなくてすむことにもなった。私はなにより自分の周縁の豊かさをそのまま受容することができるようになった。

それはとくに私が十歳から十四、五歳にいたるまでの、森のなかの谷間で暮した現実生活においてのことだ。そして私が地方都市の高校、東京の大学に行き、ほとんどすぐさま小説を書くようになってから、この周縁と中心という命題は意識化されてとらえなおされることになった。

グロテスク・リアリズムのイメージ・システムを説明して、バフチンは、そこに死や誕生、成長、生成といった、変容する進み行きの過程があることを強調する。それらこそは私が、森のなかの谷間で生きながら、そのような周縁のさらに周縁の場所で起りそうなこと、現に起っていること、と感じていたものだった。森の高みや、集落のはずれの川のへりで起ること・起りやすいこと。しかもそこではバフチンのいうとおり、新しいものと古いもの、死んでゆくものと生まれてくるもの、変容の始まりと終りが、一緒に実在している。あるいは、少なくとも一続きの仕方で現われるのであって、そのいかにも周縁らしい場所に起っていることは、すべてアンビヴァレンツな意味をはらんでもいるのだった。

そうしたことのバフチンによる理論化にふれたことで、私には『ガルガンチュアとパンタグリュエル』が、またドストエフスキーの作品が、どうしてあれほど自分を深いところでとらえ揺り動かし、それが森のなかの谷間の子供としての経験と不思議なほど照しあう、と感じられてきたのかを納得した。かさねていえば、自分の内部でその発見が具体的に育ってき、それを小説を書くかたちで確かめてゆくということがまずあった、ともいうべきだろう。私はバフチンや山口昌男の理論にめぐりあう前に、『万延元年のフットボール』を書いていたのだから。またそれゆえにこそ、かれらの理論との出会いが真に深い啓示を私にもたらしたのだ。

あの子供の頃、私は充分幸福であったはずなのに、いまもなおよく克服されたとはいえない不眠の、最初の現われに苦しめられてもいた。私は死を恐れ始めていたのだ。私は暗闇《くらやみ》のなかで蒲団《ふとん》に横たわりながら、柱時計が真夜中の時を打つのを聞くと、前の時報からの時の長さ、次の時報までのさらなる時の長さに、ゾッとするのだった。現にいま経験している時の長さの耐えがたい思いと、幾十年かたてば死ななければならぬ、人生の時の短さの耐えがたさの思いはあきらかに矛盾していた。しかし私は、短い人生の後の、自分が死んでいる時の耐えがたい長さにさらにも恐怖していたのだった。

そしてそのように恐れ苦しむ私に、励ましの力をつたえてくれたのが、尻尾《しっぽ》を咬《か》む蛇のように死と再生をからみあわせた、祖母と母の伝承の話なのだった。昼間の私は、そういう言い伝えは科学的でないし谷間の外では通用するはずがないと切りすてることがあった。ところが真夜中になると、いつも私は援助をもとめてそれにすり寄るのだった。あの頃暗闇のなかで救われようと懸命に想像したことどもに、私がこれまでなしとげてきた文学の仕事のすべての原型がひそんでいたかも知れないのである。

八章　虚構の仕掛けとなる私

1

トーマス・マンの『日記』（紀伊国屋書店版）、それも一九三三―三四年の巻を読んでいると、不思議な感触の中篇のような物語が起き上って来る。よく知られたワグリー講演を準備して国を出たマンが、そのまま永い亡命生活に入らざるをえなくなる、その最初の年。ミュンヘンの自宅から当局に押収されることもありうるとマンが懊悩《おうのう》する特別な小型トランクが、物語の中心に坐《すわ》っているのである。

ドイツから離れてすぐの、四月三十日の記述にすでにあきらかだが、マンは生涯の秘密があかるみに出され致命的な傷を受けるのではないかと心痛し始めるのである。結局のところ五月二十日にそのトランクが手許《てもと》に届き日記も戻ったことが確認されて、心労は解消される。しかしマンは、それから一年ほどの間にわたって小型トランクのなかの日記の内容をみずからあばき出してゆくのだ。

八月、マンが保養地で一九二七年に知り合ったある教授の、突然の来訪。あの頃、教授の十七歳だった息子クラウスにマンは深い愛情を覚えたことがあった。九月、当のクラウスがマンの滞在している土地に現われるかも知れないという知らせがくる。《ここで会えたら、奇妙な邂逅《かいこう》になっただろうが、たぶん、会えないほうがいいだろう。人間的な尺度で測れば、あれは私の最後の――そして最高の激情だったのだ。》

それから四月ほどたって、あらためて小型トランクから取り出した日記を読み返したとマンは書く。それはクラウスがマンの家の客だった時期の、またかれがクラウスの家に会いに行った際の日記である。《私がいちばん強い印象を受けたのは、自分が、実現したこの幸福を胸にしながらも、一番最初の体験、すなわちA・Mのことやさらにそれに続いた何人かの相手のことを思い返し、これらすべての例も、おくればせに実現したあの驚くべき幸福のなかにともに語り入れられ、この最後の幸福によって実現され、宥《なだ》められ、償なわれたと感じたという事実である。》A・Mは、トーニオ・クレーガーが愛情を抱いた少年のモデルとされる人物なのだ。

さらにこの種の回想は点在するけれど、もうひとつだけ掘り起せば、右に引用した記述の十日ほど後、マンは映画を見に行った感想を記して、こう付けたしている。《それに、きのうまたしても目についたことだが、私にとってドイツ映画は、外国の映画にはほとんど見られないもの、すなわち若い肉体――とくに男性のヌード――を見る喜びを

提供してくれる点が有難い。》

一応は生前の公開を予期せぬ日記でのことであれ、マンはこの間まで自分の全生涯を危機におとしいれるかと恐れ苦しんだ小型トランクの日記の内容についてあらためて書かずにはいられない。このようにも小説家とは、ドキドキするような自分の秘密について語らずにいられぬ人間である。さらに、いったんそれを語り始めると、どのようにでも図々《ずうずう》しくなり語りつづけて倦《う》まない人間なのである。

読み手の側からいえば、そのように私のことを語る小説家に、つまり一風変った告白癖のある人間に、文章をつうじてのことではあるが興味をそそられる、ということがあろう。とくに日本の私小説は、こうした小説家と読者との意識の共犯関係に成立したものだった。その読者は特別な読者層で、つまり一般の読者とはちがう、小説家、文壇との至近距離に生きている者らでもあった。葛西善蔵、嘉村礒多、牧野信一といった小説家たち。その上の世代に岩野泡鳴、その下の世代に太宰治という見取図を描くと、わが国の私小説の独自性について明瞭《めいりょう》なメッセージがつたわるだろう。

わが先達のこれらの小説家たちは、マンとは作風においても生活の流儀においても、まったくことなった別の生きもののようだった。しかも、マンとかれらをふくむすべての小説家に、私の自覚について共通なものがあることも、私は感じないでいられない。

繰り返しになるが、小説家とは、ドキドキするような私の秘密について語らずにはいられぬ人間である。さらに、いったんそれを語り始めると、どのようにでも図々しくなり、語りつづけて倦まない人間である。

2

小説を書き始めた時、私は「僕」「ぼく」を主格として物語るナラティヴを採用した。しかし、「僕」「ぼく」と書いて物語ることが、作家としての私の実生活を本当に小説に反映させたかどうかは、別問題である。若かった出発点においての私には、すくなくとも意識的にいうかぎり経験に立って書こう、という気持はなかった。むしろ私はフィクションを書く、ということに徹底したかった。とくに私小説について、それもさきにあげた独自の作家たちでなく、志賀直哉の短篇とそれをお手本にして書いている今日の私小説作家たちの仕事について、非文学と見なす態度が私にあった。じつはかれらこそ、文章の正統性の自負において文壇の主流を占めるようであったのだが……

とくに若い書き手として、私は夢想するように不敵な思い込みを抱いていた。現実生活とはレヴェルのちがう場所で、想像力によってのみ小説を構築することができるし、そうしなければならないのでもある、と決意していたのだ。

この思い込みの端的なしるしとして思い出されること。私は私小説作家たちの、とくに若かった時分の仲間づきあいを語る文章のなかに、ある体験に際してこれは書ける、と思った・そう言いあったりした、という種のものを読むと、滑稽《こっけい》に感じるよりも奇異に感じたものだ。また、自分自身いくらか長い小説を書くようになっていながら、そのなかのどの人物にもモデルを設定するつもりがなかった。

『芽むしり仔撃ち』の「僕」にも「弟」にも、私自身と家族のうちにいかなるモデルを発見することもできない。『万延元年のフットボール』の「僕」、つまり根所蜜三郎についても、その弟鷹四についても同じ。もし私が、反安保の学生運動に参加して傷つく体験をした学生、あるいはそれで大学を去った若者に会いに行って、聞き取り調査に類することをしていたとしたら、あの小説はまた別のリアリティーをかもしだしえたかも知れない。しかし私は、その必要はないし、もともと小説家にそのような目的で傷ついた人々を訪ねる権利はない、とすら考えていたように思うのである。

同年輩の作家、阿部昭の作品を読みながら、私は自分がこのように家族と私自身を書くつもりはない、これら秀《すぐ》れた私小説と自分の作品とはまったく別のジャンルのものだ、と阿部氏への敬意をこめながらも自覚することがあった。

ところが、右のような自分の、経験と小説をはっきり切り離す意志に立った小説も、いま時をへだてて読みかえしてみると、むしろじつにまざまざと具体的な経験のあとを残している。自分が小説を書くことを思いもしなかった少年時の、事物や風景への観察がよみがえってくる懐《なつか》しさは、それらの小説を読んで感じとらずにいられるものではない。

それに加えて、若い年齢で小説家になってしまった私には、それ以後、小説からすっかり切れている自分の経験というものを新しくする機会はなくなったのではないか？あれから私の現実生活の経験はすべて、小説家として経験するものとなったのではないか？　それと同時に、私が『芽むしり仔撃ち』や『万延元年のフットボール』を書いたこと、またその作品の総体が、この世界で生きる私のもうひとつの経験として積み重なることにもなったのだ。表現することは、端的に新しく経験すること、経験しなおすこと、それも深く経験することだ。この思いはなにより確かなものとして、すでに初老の年齢に入ろうとする私にある。

3

ところがそのような私にも、私小説におけるように実生活における小説家とひとしい「私」を語り手として、小説を書いたことがあった。『新しい人よ眼ざめよ』がそうだ。

私には初期に短篇を多く書いた後、ひとまずそれをしめくくって、長篇に仕事の重心を移した時期があった。その後に『「雨の木《レイン・ツリー》」を聴く女たち』によってあらためて始めた短篇連作という形式に、『新しい人よ眼ざめよ』がつながるものであったことには意味があるように思われる。

私小説とは、本来、短篇のためのジャンルであろう。私小説の作家による、「私」に語らせた長篇はある。しかしそれらは、小説家がある水準の実力をそなえているかぎり、しだいに一般的な小説のかたちに近づく。ただ、しばしばそれらが西欧的な意味での一般的な小説となりえていないだけだ。短篇の形式によって、語り手の小説家の現実生活と内面とを切りとって示すというのが私小説のモデルタイプなのだ。

私は『新しい人よ眼ざめよ』にいたるまでにも、障害を持っている長男との共生を小説に書いてきた。『われらの狂気を生き延びる道を教えよ』ほか、二つの中篇として、また『洪水はわが魂に及び』『ピンチランナー調書』という二つの長篇として。そしてこれらの作品では、それぞれを中篇、長篇としてなりたたせるための必要性が、私を私小説とはことなった小説へと向かわしめていたのだとも思う。

『新しい人よ眼ざめよ』は連作短篇の連なりとして全体の終了は長篇の完成にほぼひとしいが、それを構成するいちいちの作品は短篇で、私は長男との暮しを、まさに私の

——あるいは家族の——小説として書いた。しかし私は私小説の伝統にすっぽりおさまる仕方で自分の連作を成立させうると考えることはできなかった。まず「私」という書き手がいる。書かれる人物としては、障害を持った子供とその父親である私をふくむその家族。それだけでは不十分に感じられて、私は第三の要素としてウィリアム・ブレイクの預言詩《プロフェシー》を読みとくという、もう一本の柱を導入した。

この側面から見れば、『新しい人よ眼ざめよ』は私としてのブレイク註釈の小説である。その点では、私小説からはっきり異質であるだろう。それでいて、ブレイクを読むことによって次つぎに私のものとなる新しい光源が、障害を持つ息子を照射し、かれと共生する私と家族とを照射した。この小説を書くことによって、私は息子をしだいに深く理解することになったと信ずるが、かれと共にある私自身をこそ、もっと徹底して私は理解した。それはいつの間にか魂の問題にとりつかれている私自身に面と向かうことだった。その意味では、私はやはり自分としての私小説を書いていたのだ。

『新しい人よ眼ざめよ』の連作を書きおえても、障害を持つ長男との課題が解決されてしまったのではない。それは時の経過につれ、つねに新しく困難な局面を露呈させつづけている。そこで私は『「罪のゆるし」のあお草』のような作品を書いた。それがやはりブレイクを読みとることを軸としているのは、小説としての成立の事情が同じだったからだ。

それのみならず、この長めの短篇には、私自身のそれ以前の小説からの集中的な引用がある。『新しい人よ眼ざめよ』からはもとよりのこと、『「雨の木《レイン・ツリー》」を聴く女たち』から、また『父よ、あなたはどこへ行くのか？』から、そして『われらの狂気を生き延びる道を教えよ』から。さらに長篇『同時代ゲーム』から、もうひとつ長男が通っていたような養護学校を数校横につなぐ機関の刊行物に書いたエッセイからも。

どうしてこのように幾種もの自作から引用をしたのだったろうか？　それは、こういう理由があったからではないか？　私が永年小説家として生きている以上、その私が私小説を書くならば——それも若い時に小説を書き始めて、小説を書くことよりほかの私生活は稀薄《きはく》であるような特殊な現実を生きてきた私がそれを書くならば——自分の書いてきた小説を、生きてきた現実生活とおなじく、その素材としなければならないのは当然だった……

さらに、幾分奇妙な話に響きかねないけれども、私はこの短篇において、それを書く時点ではまだ書いていないで、やがて長篇として書くことになる『懐かしい年への手紙』から、その一節を——もとより文字通りの引用とはちがうけれども——借りてきているのを見出《みいだ》すのである。

4

日本の近代、現代文学に特有の私小説という形式をもちいて、私はいくつかの小説を書いた。その形式からもたらされるはずのひずみを正し、補強するために、私はブレイクをもうひとつの柱に使った。この『新しい人よ眼ざめよ』を出発点に、『「罪のゆるし」のあお草』をなかだちとして確かめた手法で、『懐かしい年への手紙』を書くことにもなった。それは長篇のかたちで、森のなかの谷間に発し、小説家となって障害を持つ子供との日々にいたる、私の生の経験をふりかえる方向づけのものだった。

『懐かしい年への手紙』では私としてのダンテの解読が大切な役割をしめた。それは『新しい人よ眼ざめよ』でブレイクがはたしたものと同じであったし、『燃えあがる緑の木』でイェーツがはたすはずの役割とも同じであるだろう。私はこのようにして、自分の生涯の小説の方法を積み上げてきたのだった。

『懐かしい年への手紙』への展開で、その後の私の小説の方法に重要な資産となったのは、自分の作ったフィクションが現実生活に入り込んで実際に生きた過去だと主張しはじめ、それが新しく基盤をなして次のフィクションが作られる複合的な構造が、私の小説のかたちとなったことである。この点において、私は日本の近代、現代の私小説を解体した人間と呼ばれていいかも知れない。

もともと、書かれた小説はすべてフィクションである。言語の基本的な性格から、そうなるほかはない。それはまず高校生の時に私の発見した——もちろんそれはつねに性格を変えてゆくことになったが——命題だった。そもそもそれは、いまとなっては滑稽な歪《ゆが》みのある思いつきというほかないが、文章にはカミュ式とサルトル式という根本的な分類がありうる、という着想から始まったのだ。

ある主題を言葉で表現しようとする。あるシーンを表現しようとする、といってもいい。山の上の城を攻めるのに裾野《すその》を包囲してからというように、まわりを確実に抑えることで目的の表現をなしとげる。根拠がどんなものだったかいまとなってはあいまいだが、それをサルトル式と私はみなした。それも私は自分の表現の仕方にこの側面で欠陥があると、いつも気にかけていたのだ。それから十年もたっていなかったが、反ＯＡＳデモの続くパリで、テーブルをへだててサルトルの前に坐《すわ》りながら、少年時の自分がサルトル式と感じていた、まさにそのとおりの話しぶりに耳をかたむけて——私の当時のフランス語能力で完全にそれを理解した、とはいえないけれど——私は懐かしい思いにひたったものだ……

ところが、高校生の私には、せいぜいサルトル式につとめたつもりでも対象の把握に不十分なところが残って、網の目から漏れ出てしまうものがある。対象をはっきりつきとめえていない、という思いがする。どれだけの量の言葉を積み上げても、自分はこの主題をよくつきとめえていない・この状態をよく描き出しえていない、という感じが残るのだった。

それに対して、自分の幼い思考力、観察力によってながら、言葉によってある主題、あるシーンを的確に串刺《くしざ》ししたと感じることが間々あったのだ。ほかの人間による表現にはもっとしばしば、まさにこの通りだ、的は射ぬかれていると感じることがあって、それを私は、さきとの関係でカミュ式と呼ぶことになったのである。

山の頂きにある城の中心の塔に立つ旗を、向いあう頂きから剛弓で射ぬく。裾野をかためて攻め登るという、地道でねばり強いやり方をする必要はない。この認識、あるいはこの決意には、サルトル式で十全にやるのは不可能だ、という断念がともなっていることを感じとってもいたのだが。

ともかく私は、言葉による表現は、カミュ式によるのでなければ目的をまっとうすることができないのではないか、と考えるようであった。しかもこのやり方には不確実なところも残って、必要にして十分な条件をそなえてはいないのではないかと、気がかりでもあったのである。そして私は自分がカミュ式の人間であり——だからといってそのやり方に熟達しているとは思えないけれど――サルトル式の人間ではないと辛《つら》い思いで認めることになった。それが私にフランス文学科でサルトルの全作品の原書を読みつくすことにこだわらせる理由ともなったのだった。

それでも私は、いくらか年を加えるうちに、自分の作った二分法を乗り越える着想を持つようになった。小説を書き始めるのと前後してのことだった。当時それに自分であてていたのとはちがう言葉で――というのも、私は当時よくそれを意識化してはいなかったから――書き記してみることにしよう。

文章を書く時、自分は言葉によるモデルを造っているのだ。つまり私は山の上に苦労して攻め登って行くのでもなく、こちらの高みから弓矢で狙《ねら》いすますというのでもなく、言葉によって、解くべき主題、表現すべき状態のモデルを作ろうとしているのだ。そのモデルが、城を攻め破って獲得するもの、あるいは谷をへだてて射とめるものと、おなじ核心であることをめざす。そのようなモデル造りがなしとげられた時、私は十全な表現をなしとげている。

この考え方は、仕事を始めた若い小説家としての私の準則となった。

それは片方で、表現は対象を実際にとらえることではない、言葉によるモデルを造ることにすぎないとあきらめる仕方で考えることであった。つまり私は本当の獲物を捕えてくるかわりに、言葉で獲物のモデルを作っている、机上の狩猟家なのだ。その狩猟の経験をかさねるうち、私は初めにいったようなことをあらためて確信するにいたったのである。

書かれた小説はすべてフィクションにほかならない。

5

自分の三十代から四十代において、障害を持った子供との暮しと、それによって更新されつづける内面生活は、私の人生のもっとも大切な課題となった。またそれを小説にとらえなおすためにはつねにやり方の更新が必要と感じられ、性懲《しょうこ》りもなく様ざまな手法をためしてみないではいられなかった。それが小説家の、基本的に試行錯誤が常態であるというほかにない、人生の確かめ方だから。もっとも、これまでのべたようにほとんど少年時の終りから重ねてきた試みをつうじて、そのやり方の不毛さは承知しているようでもあったので、私小説の基本形のまま、自分の日常生活における長男との関りを包囲して描き出すリアリズムという方法を工夫してみようとはしなかった。

障害を持った子供との共生を正面から描いて行こうとする小説は、数多くある。そしてそのたいていが感動的だし記録としても貴重なものだ。私がそれをやらなかったのは、裾野から包囲して攻め登る方式では、どうしてもとらえられぬものがあり、しかもそれこそが自分に小説を書かせる目標となる肝要なものだという思いがあったからだ。実在の作品を介しないで抽象的にいうと、あいまいなことにならざるをえないが、このように生き、このように小説を書いている自分の、いま現在の魂の問題に行きつくことが、裾野から攻めるやり方ではできないのではないかという根本的な思いがあったのである。

だからといって、障害を持った息子との生活に、ある瞬間、明瞭《めいりょう》に浮びあがる魂の問題を、深い谷をへだてて一挙に射当てるような短篇を試みる、という気にもならなかった。確かに文学表現は大切だが、それとともに、あるいはそれ以上に、息子との共生の日々、その持続ということが大切で、そこにこそ私の魂の問題は根ざしているとわかっていたから、その日々の持続から切り離して、ある瞬間を切りとる離れ技をやってみても仕方がなかったのである。

『洪水はわが魂に及び』や『ピンチランナー調書』がそうだが、私は息子との暮しの課題を、主人公の魂の問題に重ねてフィクション化することもやってみた。前者は比較的に批評家の支持をえたが、後者はおおむね否定された。しかしこれら二作への批評家たちの態度は、ともに作者自身には縁遠く感じられるもので、当時、批評家たちと自分とでは根本的な関心にあい重なるところはないと感じられたのである。

しかしそれも無理からぬことで、責を負わねばならぬとしたら作家の方だった。私はひたすら息子との共生と、それに結びついた自分の魂の問題を考えることにかまけていて、批評家という読者の代表への理解関係の道を開こうと工夫することはなかったのだから。

実際、私はそれを自覚してもいた。そこで私が批評家と、かれの代表する読者たちへ開く道を造ることにつとめたか？　そうではなかった。むしろ、その逆だった。私はフィクション化への意図的な努力を放棄して、もっと具体的に息子との共生と自分の魂の問題――それが息子の魂の問題と深い根をつうじて結ばれることになるなら、それ以上の夢の実現はなかった――を小説に書くことをめざしたのである。

一方で、私は四十代の初めからあらためてブレイクを読み続けていた。それは息子と暮すことを軸とする私の日常生活に、端的に必要なことと感じられていた。その読書が、すぐにもダンテへ、そしてイェーツへと発展してゆくことになり、どうしても必要な脇からの援助のように、フラナリー・オコナーやシモーヌ・ヴェイユ、アウグスチヌス、そして広くグノーシス主義に関わる読書をみちびきこむことにもなった……

そのようなかで、自然に新しい小説のモデルをなす形式が浮び上ってきたのだった。ブレイクを読むこと、そして息子との共生の意味を深く考えつめてゆくこと、その向うに微光に照されるようにして現われる、自分の——また息子の——魂の問題についてスケッチしてみること。

それが『新しい人よ眼ざめよ』の出発点だった。ブレイクを読みながら考えることで、息子との日々を新しく照射する光がきわだつことはしばしばあった。ブレイクを読み進むことで生活をみたしている私にとっての、その根拠も、息子との共生にあるのだった。私の日々の生活にブレイクが入り込み、私はまた息子の影を追いもとめてブレイクの預言詩《プロフェシー》のなかに迷い込むようにしているのを幾たびも自覚した。むしろその自覚の節目ごとを核としてかたまるように、短篇のそれぞれが結晶したのだった。

『懐かしい年への手紙』は、同じようにダンテを読み進めつつ生きる暮しから成立した。この長篇を書いて幼・少年時からの自分の生とそれを囲んでいた森のなかの谷間の地型をよみがえらせるうち、不思議な経験もした。私は『新しい人よ眼ざめよ』にあからさまなフィクションを導入していたが、それが『懐かしい年への手紙』に再導入されると、実際の記憶よりも生なましくリアルな存在を主張したのだ。文学的なアルツハイマー症にかかって、自分がこれまで文章に書いたもののうち、そのどれが事実にそくし、どれがそうでないかの見わけがつかなくなったかのようだった。『懐かしい年への手紙』でもっともリアリティーにみちた手ごたえがあったのは、森のなかの谷間の「屋敷」でダンテを読むギー兄さんというフィクションの人物であり、さらにもかれによって読みとられる『神曲』のテキストだった。しかも私は、もっとも正直な私小説の作家のようにして、──私はこのようにして生きてきたのです、とギー兄さんとともに主張したい思いでいたのだった。

『燃えあがる緑の木』は、さきのギー兄さんの甦《よみがえ》りとしての新しいギー兄さんを、フィクションの世界から現実の世界へ迎えなおして進行しはじめた。まずそれは小説の書き方の手法の問題だったが、いまやこの方法をつうじてしか、現実世界を生きる私に魂の問題を追いもとめることができなくなっている、ということなのだった。私の小説家としての人生が、その転倒したかたちを固定化させてしまったわけなのだ。

九章　甦《よみが》えるローマン主義者

1

ＥＮＤ（ヨーロッパ核軍縮）による、西側の核軍備の構造を造りかえて東側の反体制勢力と呼応する・それを世界の核廃絶の出発点とする、という運動には、めざましいものがあった。フランスの核実験の再開にあたって、それを核廃絶の大きい流れへの逆行と感じたかどうか、これは端的に、あのＥＮＤの運動に希望をたくしていたかどうか、によって反応が違ってきたはずであろう。

私がフランスの核実験再開に異議をとなえた時、テレヴィや新聞をつうじて、わが国の幾人ものフランス通から、ヨーロッパの戦争体験、とくにフランスの特殊事情を知らないものだとする批判があった。日本フランス文学会は在日フランス大使館への抗議の提案を否決したともいうことだ。

さて、私のようにＥＮＤの活動に関心を持って来た者は、なかでもイギリスの歴史家Ｅ・Ｐ・トムソンに敬意を抱いた。ソヴィエト・ロシアが崩壊した直後、私はヨーロッパの旅先で、トムソンが新聞に書いていた文章にも印象をきざまれた。

いま東側に起っている体制の崩壊を、西側の努力がもたらした勝利と勝ち誇る勢いが見られるが、それはあたっていない。西側もふくむ、世界の全体の大きな危機の、これは最初の現われなのである。

わが国でソヴィエト・ロシアの崩壊に力をかした者がいるとは誰も思わないだろうが、あいかわらずの保守論客たちのたかぶり方は面白かった。それはいまも続いている。なにより他人の言論こそ自由だと、私もそのように感じる年齢にはなっている。しかしソヴィエト・ロシアの崩壊を世界全体の大きい危機の現われだとする洞察力がわが国の指導者にないとすれば、いまにも顕在化するはずの危機の第二局面において、この国は弱いだろう。われわれの周囲には、当の危機につらなると思われる様ざまな兆候がすでにあきらかではないだろうか?

さてE・P・トムソンは亡《な》くなったが、かれが八〇年代から核廃絶の運動に専念したため公刊の遅れてきた歴史家としての仕事が、幾つかかれの晩年まとめられた。十七世紀のイギリスにおけるキリスト教少数派の鋭い異議申し立ての潮流が、様ざまな仕方で十八世紀に影響をもたらし、それはブレイクの独自な思想形成に影響しているとする『怪物に立ち向かう証人――ウィリアム・ブレイクと道徳律』は教示にとんでいる。九六年刊行されたもっと広い読者に向けてのピーター・アクロイドの『ブレイク』も、そこに学んだものから書き始められている。(E.P.Thompson "Witness against the Beast" Cambridge, P.Ackroyd "Blake" knoph)

私はいまこれらの本について紹介する紙幅を持たないのに、なぜこういうことから書き始めたかというと、社会に対する態度、そして社会あるいは現実を越えた魂の課題に対する態度、さらに両者の綜合《そうごう》について、E・P・トムソンに根本的なものを教わったことをいいたいからである。そしてトムソンからブレイクに眼をあげれば、私が教わった根本的なものとは、まっすぐロマンティシズムにつながっている。

2

ブレイクとその研究者の本を集中的に読んでいた頃、記憶にきざまれたひとつにキャスリン・レインの次の言葉があった。ネオ・プラトニズムは西欧文化の底を流れる地下水のようなもので、歴史の様ざまな折にそれが地上へ噴出して、独自の花を開かせている……

文学の歴史を見る時、おなじくその底を流れる大きい地下水脈は、ロマンティシズムであろう。ヨーロッパでロマンティシズムと名付けられた文学運動が顕在化する以前からそうであったし、それ以後もそうだ。たとえばラブレーはロマンティシズムの地下水のもっとも盛大な噴出だったし、ギュンター・グラスやガブリエル・ガルシア゠マルケスは今日のそれであるといいたい。

今日の詩人なら、ウェールズのR・S・トーマス。トーマスの土地と海をへだてて向かいあうアイルランドの大詩人イェーツが自称した「最後のローマン主義者」に対比して、トーマスのことは「甦えるローマン《ローマン》主義者」と私は呼びたい。

戦前わが国には、日本浪曼派という奇態な一派があったために、かつその戦後の研究者たちが、それをロマンティシズムのまともなかたちと対比して批評的に検証することをしなかったために、現在わが国のロマンティシズム受容は歪《ゆが》んでいる。われわれの文学にもロマンティシズムの創造的な地下水の新しい噴出がみちびかれることをねがって、私は、若い研究者によるロマンティシズムのまともな再定義を望んでいる。

さきにもわずかにふれたが、R・S・トーマスは大先達コールリッジの詩とエッセイについて、深い敬愛をこめて語っている。トーマスの詩風はコールリッジのものとはすっかり違うけれども、トーマスは、コールリッジの想像力についての考え方に深く惹《ひ》かれていることを示す。そして私には、コールリッジについてもトーマスについても、かれらの想像力のとらえ方こそが、ロマンティシズムの核心を現わしていると感じられるのだ。

イギリス現代詩の全体を考えれば、いくらか時代遅れの傍流と感じられもするR・S・トーマスの独特な性格について、ウェールズの後進の研究者が敬愛をこめて論評している文章に、こういう一節があった。詩人の役割、影響力について、戦後のイギリス詩は、あまり多くのことを期待してきたのではなかった。《詩にはなにひとつ起らしめることはできない》と書いたのは、W・H・オーデン。ところがトーマスは、かれ自身、ウェールズで英国国教会の牧師であったわけだが、詩人は、聖職者と同じように、道徳的な、また精神的な指導を行う者でなくてはならないと考えている。

そして詩人の社会的役割についてのこうした考え方こそは、ローマン派的な理想主義に根ざしている。とくにコールリッジに、それはあきらかだった。トーマスは自分にとって想像力という言葉はコールリッジによって定義された意味を持つ、と書いた。つまり、想像力とは、《究極のリアリティー……すなわち、われわれが神と呼ぶところのものと接触するための、人間の心理にとって知られている最高の方法である。》

もうひとりの研究者も、トーマスがローマン派の想像力についての理論に傾倒を示しているしるしとして、かれの次の言葉を引用していた。《世界は、ひとつにまとめる想像力の力を必要とする。それをもたらしてくれる最良のものの二つが、詩と宗教なのだ。

科学はあたえるけれど、破壊しもする。》

自分の詩的関心の中心にブレイクをおいたことで、私はイギリスのロマンティシズムから学ぶことになった。かれの宗教的内面をどうとらえるかについては、初めにあげたE・P・トムソンによる実証的な新研究がいま投げかける光に照しても、単純なことはいえない。そこに複雑な奥行き、果てしない拡《ひろ》がりがあるからこそ、私のように信仰を持たない者にも、自分の魂の問題を考えるについてブレイクが柔軟で強靱《きょうじん》な支えとなってくれるのだろう。

同時に、イギリス国王への叛逆罪《はんぎゃく》のかどで裁判にかけられるまではブレイクがあからさまに示していた、現実政治、社会状況への直接的な激しい思いは、同時代のローマン派、とくにコールリッジに強く結んでいるものであった。私はそれをさきにのべたとおりディヴィッド・V・アードマンによって教えられた。さきのトムソンの本はアードマンと自分との考えの違いを認めながらも、この当代最良の対立者に捧《ささ》げられている。

私はブレイクやコールリッジが、現実政治や社会状況に強い怒りを現わし、同時に人間を越えた神秘的なものに深いまなざしをそそいでいる態度に、両者がひとつの根から出ていると感じることでさらに惹きつけられてきたのである。

そしてその両者に通底する根とは、想像力である。ブレイクにとっては、想像力とは現実そのものだ。想像力の生きて働いていない現実、ただ眼にうつるままの現実は、本当の現実ではなかった。私がさきにリアリティーと原語のまま引いたコールリッジの言葉を、あらためて現実と訳してもいいわけだが、コールリッジの根本態度に向けて、私は自分としても経験と仕事、観照というようなことをつうじて到達したいと思う。詩というより自分にとっては小説を中心とする文学の全体と、これという宗教が思い定められないのであれ神秘的なものへの祈念と、その二つを介して、つまり想像力の力において、私もこの世界をひとつにまとめて把握したい。自分が生まれ出てきたこと、そしていままで生きてきたし、現に生きている、そして死んでゆくけれどもその総体が生きることをしなかったと同じということにはならぬような、そのような世界を確信するために。

私が小説を書いてきたのは、まさにそれへの希求によってであったし、これからあらためてまた小説を書きたいと思うのも、そのためということをほかにしてはない。私も、ブレイクとE・P・トムソンを結ぶことで、またコールリッジとR・S・トーマスを結ぶことであきらかになる「甦えるローマン主義者」のひとりとして、これからの生き死にに処したいと考えるのである。

3

私はこの文章を書く準備に、これまでの作家生活で書いたすべての小説を展望した。私は自分が生きた時代と社会をよく描いてきたろうか？　いまも新潮文庫版で生きている長篇のうち『われらの時代』『遅れてきた青年』『日常生活の冒険』をその他の版では再刊しないことにした。『遅れてきた青年』は、日本の戦中と戦後にまたがって地方の村に生まれ育ち、東京の大学に進んだ人間のフィクショナルな自伝として、ソヴィエト・ロシア圏、東欧圏に翻訳されて広く読まれた。ほかの二篇ともども、私がこの長篇をそうするのは、他の幾つかの長篇、中篇、短篇ともども、小説としてかたちがよくととのえられていない、と感じたからだ。私の作品群のなかで、唯一《ゆいいつ》、時の流れにそくして同時代を描くという書き方をしている『遅れてきた青年』が小説のかたちをまともにみたしていたとしたら、それをふくめることで小説家としての自分の全体像を立体的にしたかったのだが……

『遅れてきた青年』で失敗を自覚してから、私は編年体の長篇を二度と書こうとはしなかった。そのかわりに私がとった方法は、小説のタテの展開としては短い範囲をきざみ、そこに幾種もの時間の系列を導入することだった。『万延元年のフットボール』の、根所兄弟が森のなかの集落に帰省して悲劇が終るまでの短い期間と、それに重ねられる百年という長い期間とが、それ以後の長篇の書き方の基本形をなすことになった。この小説の書き方のよってきたるところとしては、青年時からドストエフスキーを読み続けてきたことがあるだろう。さらにはフォークナーを読んできたことが。

それでいて、私にはつねに、永い射程において自然な時の流れにそくして書かれる長篇へのあこがれがあった。自分と同時代に生きる作家たちの、そうした書き方の長篇――たとえば加賀乙彦におけるような――にはいまも関心をそそられる。自分としてはこれまで成功作を書けなかったし、これからも書きうることはないだろう長篇の形式という断念がまずあって、内外の作家のそうした仕事への関心があるのである。

そのような私にとって、同時代史を編年体でまとめるように書いてきた文章といえば、エッセイ、評論ということになる。それらの文章には、私が小説家としての生涯の前半に中心的に書いた、いま講談社文芸文庫版として生きている三冊の全エッセイ集と、岩波新書版の『ヒロシマ・ノート』『沖縄ノート』がある。私はそれらの文章を書きながら同時代を見つめてきた。それらの文章で約束したことを現実の運動において果たそうという意図で、ある程度の社会参加も行なってきた。もっともそれに実際的な効果があったか、といわれるなら、悲観的な答しかできないのが正直なところ。そもそも私は、初めから、自分の同時代に対する発言が、実際的な成果をあげることをめざすことはできなかった。むしろそれが私のエッセイ、評論の基本的なスタイルであったのではないか？

二十代後半から三十代の私が、しばしば参加した社会的、政治的な実際行動において、たまたま同僚となるタフな市民活動家や、運動の理論的な支柱をなす評論家、大学教授たちから、私が頼りがいのある仲間と受けとめられることはなかった。しかも私にはそういう事態について自分なりの納得があって、かなり名の知られた小説家として集会やデモのかざりあつかいをされること――かざりとしての有効性がなくなった大学紛争の時期から、私が集会に呼ばれることはなくなった――自体への不満は持たなかったのだった。

それは、私として自分の内部に動機を持っていたからだ。私はなにをもとめて社会的、政治的なエッセイ・評論を書き、それとつながるデモや集会に参加していたか？　私はローマン派として、それらの文章を書き、それらのデモ、集会に参加していたのである。私はいまブレイク――E・P・トムソン、またコールリッジ――R・S・トーマスの系譜を考えることで、この簡明な答に到《いた》ることができるのである。

そして、そのような現実社会、同時代の世界に向けての自分の参加をふりかえる時、やはり私には今日的なローマン派と思われるジョージ・ケナンの晩年の態度が思い出される。ケナンは、大戦直後、東西二陣営間の冷戦の枠組を作ったといっていいほどの大きい仕事を――かならずしも二十世紀の人類の状況のためにプラスの評価のみではない責任がある――アメリカの外交官として果した。しかしその晩年は世界の核状況を憂《うれ》える様ざまな言論活動にささげられるものとなった。

かれは、二十世紀後半の人類に向けて訴えかけた。この地球という環境は、現在生きているわれわれが作ったのではなく、ただそれをあずかっているのみであり、過去の世代から受けついだものを、少なくともより悪くしないで未来の世代にかえすべきなのであって、それを核兵器によって破壊することほど恐しい瀆神《とくしん》行為はない、と。その声に響く暗鬱《あんうつ》な熱情は、まさにロマンティシズムのものであり、ブレイクやコールリッジに直接つながるものであると思う。

外交の専門家、政治の実力者たちの核状況へのシニシズムを、実際の問題としてケナンは熟知していた。核兵器は、人類に多くのことをもたらし・破壊する科学のシンボルたりうるものだ。その大きな破壊の脅威が一方にあり、人類が生き延びることへ向けての祈りが一方にある。対極にあるその二つを結びつけて、この世界を希望のある方向へと動かすこと、それこそが、ひとつにまとめる想像力の力なのだと、ケナンはR・S・

トーマスと声をそろえていっていたのだ。

この地球環境を破壊し、人類を絶滅させる核兵器のもっとも巨大な力。それに面と向かうことは、われわれを否応《いやおう》なく究極のリアリティーへと接触させる。われわれにそれをしないではいられなくし、われわれにそのために有効な働きをさせうるもの、それこそが想像力だと私はいいたい。そしてこの想像力と、われわれが神と呼ぶところのものとしての究極のリアリティーにわれわれを接触させるもの、つまりもうひとつの想像力は、まさに同一であるはずではないか？

その両者をかさねあわせて思う時、私は信仰を持たぬ者としても、神と呼びたいものの巨大な存在について、ある感覚を受けとめる瞬間を持つ。おそらくそれは、コールリッジ――ブレイク、またＲ・Ｓ・トーマス――Ｇ・ケナンによって教育されたためであろう。

4

同時代の現実社会の出来事に参加する。それも特定の政治的主張をかかげてデモなり集会なりをする。さきにもいったように私は若い時からしばしばそうした行動に参加したが、自分の精神と肉体まるごとそこに入れ込んで、ということは一度もなかった。それは私の心理的な自己防禦《ぼうぎょ》がそのようにさせた、というのでもないはず。受けとめ側の反応にあったはっきりした指標からそれは見わけられる。私は一緒に行動した様ざまな政治的党派の――大きい政党から市民運動レヴェルの、またそこをいくらかなりとセクト的に踏み出したものにいたるまで――、権力をになっている人たちから、一度たりとかれらの集団に正式に加わることを要請された記憶がないのである。

ところが、これも客観的に見れば滑稽《こっけい》な話だが、私が参加するいちいちの行動に力をそそがなかったというのではない。それらはつねに自分にとって大仕事であった。それでいて、私はどんな現実の行動に参加する際にも、わずか前に書斎から出てきたというふうであり、集会で講演をしたり、デモに加わったりする間も、つねに、すぐにも書斎に帰ろうとする男の様子をしていたのではあるまいか？

書斎で私のやっていたことは、つねに「文学」だった。ある座談会で、こうしたレトリックの匠《たくみ》、開高健から、――きみにとっては、本妻も「文学」、情婦も「文学」やものね、といわれたことがあった。そのとおり、私は奇妙にかさばる「文学」をひっかつぐようにして集会なりデモなりにやってくる、その場にふさわしくない男として、政治的な運動のヴェテランたちを顰蹙《ひんしゅく》させていたのではないだろうか？

つまりはかれらの側から見るかぎり、私はいつも中途半端《はんぱ》であったにちがいなく、自覚するところでも、つねに自分が十全に「同志」たちの輪に入り込んでいるといいきりうることはなかった。もっともそうした現実社会への行動から、私はなにほどか自分の「文学」のために収穫をともなって書斎に戻ってきた、とも思うのである。私の小説におけるその現われは、しばしばアイロニーにみちたものであったけれども……

それでも、めずらしく私がそうした参加からあたえられた具体的に確実な教示を小説に実のらせることのできた、積極的なものとして、たとえば次のような場合がある。『万延元年のフットボール』の、いったん都会に出ていた兄弟が森のなかの谷間に帰省し、そこで百年前にかれらの父祖の「屋敷」で起ったことに重ねて、自分らの現在を検証し、二重、三重に自分らの閉ざされている状態から脱出をはかる物語を、私はまずひとつの仕掛けを作ることから始めた。それは私がこの小説に様ざまな、まさに森のような複雑さのメタファー、シンボルを導きいれたのとは対比的に、単純な、しかしそれだけ強い意味作用を発揮するはずのアレゴリーをひとつ導入したことだ。兄弟の姓は根所。それは沖縄の、それぞれの集落における祭祀《さいし》的・政治的な中心をなす場所ネンドクルーを、漢字にあてたものだった。つまり根所兄弟の「屋敷」は、その森のなかの土地の、ネンドクルーであることがアレゴリカルに示されているのだ。

私が沖縄をそのたびごとに顕在化する社会的、政治的なイシューを担《にな》って訪ねながら、そこで眼を開かれ、学んだ根本的なことを生かしたのは、これだけではなかった。中心(東京・天皇制文化)と周縁(四国の森のなかの谷間・民衆文化)とを対比して、自分の文学をはっきり周縁の側に築こうということは、私が早くから作りあげていたプログラムだった。しかし私が周縁の豊かさ、創造性を実際に見定めるようであったのは、沖縄を訪れてからのことである。それにかさねて、詩人金芝河《キムジハ》の死刑求刑に抗議するハンストのテントに加わるというようなことをしながら、私は韓国の民衆文化の底深い豊饒《ほうじょう》を感じとらずにはいられなかった。そこから私は大学以来のラブレーの読み返しという方向に行った。アジア的周縁ということで韓国、沖縄、四国の森のなかの谷間はつながった。すでにのべたが、後にバフチンをつうじて、ラブレーのグロテスク・リアリズムのイメージ・システムから把握しなおすはずのことは、すべてこの時期に、私が自分の文学の水源として見さだめていたものだった。

沖縄、韓国の政治的イシューを契機に開かれた集会やハンストの現場で、私は隣りに坐った活動家や左翼理論家たちと一言、二言話をすると、すぐにも自分のうちでふくれはじめている文学のパン種に面と向かうためにポケットから本をとりだしたから、かれらから一線を画され、時には敵意のあらわな振舞いすら示されたのも、火種はこちらにあったと思うのである。

5

ロマンティシズムを、文学の歴史につねに底流としてあるものが地上に噴出してくる現象としてとらえたことは、いうまでもなく私自身の小説に影響をあたえた。それを自分が書いてきた小説に読みとることはやさしい。さらに、折りおり再読する世界文学の巨大な長篇、たとえば『白鯨』そして『魔の山』『特性のない男』というような小説に、私は作家が長篇を書き進める際の根本的な衝動としてロマンティシズムがあることをつねに認めてきた。右にあげた小説のそれぞれは、書き方こそまったく異なるけれども、いずれにもロマンティシズムの地下水の噴出というほかない情景を見事に書きあげているものである。

私は、このところいつも次に書く小説として、それも具体的に構想のきまってきた小説を書き始めようとする時より、書かねばならない「最後の小説」として夢想する段階においてのことだが、ロマンティシズムの甦《よみがえ》りということを考えるのがつねだった。自分にとって若い時からの性癖のような考え方「最後の小説」という方向づけ自体に、ローマン派的な心情を自覚しているのでもある。

もう十年ほど前のこと、私は『新しい文学のために』(岩波新書版)の結びで、この

「最後の小説」への思いを語っていた。そこで私にその動機づけをしていたのは、さきにふれたジョージ・ケナンの晩年の仕事だった。私はケナンの、核兵器の世界情況を見とおすことに始まる、核廃絶への政治的有効性を意図したアッピールに重みを見出《みいだ》していた。時をへだてて、九六年の正月に放映されたテレヴィ番組のためだったが、私は雪のアメリカ中部に出かけて、ヴィエトナム戦争での米軍の中心的な指導者だった——その点において冷戦体制の造り手のひとりだったケナンと対比されるだろう——マクナマラ氏との対話を撮影した。NHKが放映しなかった部分での、マクナマラ氏の核廃絶への構想と行動計画、それと重ねて私ののべた沖縄の非軍事化への考えと氏の同意とは、意味のあるものだったといまでも思う。

さて、私はなによりケナンの、人類の行きくれた大きい群のただなかに立って祈る態度に感銘を受けていた。それも「核の冬」の到来の危険をすりぬけるようにして「生命の春」をねがう祈りに。私はその政治的な主張と魂の課題とを結びつける想像力の働きに、自分が「最後の小説」として書きたいものへの手本を見ていたのだ。

『燃えあがる緑の木』を書きながら、私が「最後の小説」に向けて心に抱いたあの希求を忘れていたとは思わない。また、私がそこでねがいを達成することがまったくなかったとも思わない。しかもいま私がもう一度「最後の小説」を構想し始めているのは、結局、自分のなかのローマン主義者の甦りを、死ぬまで抑えきれないからだと思う。

十章　小説家として生き死にすること

1

私は、若い時から小説を書いて暮してくるなかで、作品のいちいちについてじつに数多くの人たちと詳しい話をした。いまも森のなかの谷間にいる母によれば、私の父はその人生なかばから晩年の総体で、五人を越える人と永く話し込んだことはなかったそうだが。インタヴュアーに会い、友人たちやむしろその逆の人たちと話し、もし相手がこう問いかけてくるならばと、恐しい質問を心に抱いた。それこそ数限りなかったこうした機会について、しばしば思い出す。

——あなたは小説家として才能がある、と信じていますか？

そして私は自分がその問いに答を準備していたとは思えないのである。それについてあらかじめ答を用意することはしないでいよう、実際に問いかけられたならば、追いつめられた自分がどう答えるものか、質問者よりもむしろこちらが内側に耳を澄まして待ち受けることにしよう。私はそのように覚悟していたのではなかっただろうか？

小説家としての自分について、私は並はずれて多くの言葉を書いたり話したりしたといわれる。現にこの一連の文章もそうだと証拠として提出されるなら、まったく言いのがれのしようもないだろう。しかも、それは私が小説家である自分についてよく知っていたからというより、その逆であったからではなかっただろうか？

私はあまりに早く小説家としての人生を始めてしまった。それが、小説家の自分について繰りかえし語らずにはいられなくなった端的な理由なのだ。こういう小説家が幸福でありうるはずはない。

それでも私は、やはり若い時からの小説家の生活のおかげで、多くの秀《すぐ》れた芸術家、学者と会う幸いにめぐまれた。しかし、たいていわずかな言葉で話をかわすと沈黙して、ただその脇《わき》にいるというふうにしていて、もっとも深い励しを受けとることができたのは、音楽家武満徹といる時だった。これは互いにすぐ近くに住んでいた若い時から、かれが死病となった癌《がん》にとらえられて――追いつかれてといいたい気持もある――しまった後まで、会うたびにそうだった。

あの豊かで強靭《きょうじん》で伸びやかな繊細さの、むしろ音楽そのものであった人間のいうこととして、いまはユーモラスですらある不思議さだが、武満徹からくる折目正しい文字の絵葉書には、たいていいつも、自分にいかに音楽を作り出す能力がないか、ということが書かれていた！

あきらかに天才だった音楽家の生涯のほぼ全域にわたって、その創作の過程で幾度も話を聞き、きまってその初演の演奏会で深い感銘を受けることを重ねてきた自分として、まったく不思議なことだが、私はかれの絵葉書を読むたびに、武満さんが心にもないことをいっているとか、謙遜《けんそん》している——一体なんのために！——とかは決して思わなかったのである。

私はかれの言葉をそのまま受け入れた。そして悲しみに近い粛然とした心で、現にいま離れた場所で大きい仕事にひとり立ち向かっている人の深ぶかとして暗い内面を思い、それを内蔵しつつしっかりと明晰《めいせき》なたたずまいを示している、バランスのいい小さな身体《からだ》の様子を想像するようであった。

武満さんは、この宇宙、世界そして人間社会——それはまた、ひとりの個の内部といってもよかったにちがいない——をみたす沈黙と測りあうひとつの音、と書かれたことがある。自分はそれこそを探しもとめているのだと。そのように巨大で深いものと天秤《てんびん》の錘《おも》りがつりあう音楽を作りだそうと企てている。そのために宇宙と自分の内部に耳を澄ませて働いている人間が、自分の音楽を作る能力は小さいと嘆くことがあったとして、それはむしろ尊敬をさそう率直さではないか？

その場面に、悪魔のようなものが黒いしっぽの先を滑稽《こっけい》に立てて現われて、——ホラ、こういう音楽で充分じゃないか、と武満さんが試作してゆく幾つもの楽譜の一葉を賢《さか》しげに差し出すとする。武満さんは、少年のような素直さと柔和さを一瞬内面から切りさくきびしさを表わして、——いや、こういうものじゃない！　と拒んだことだろう。そのようにしながらもかれは、自分の希求する音楽に向かって一歩進む。無限に深く、柔かく、澄みわたっていながら、海中のコンブの林のように幾重にも層をなして動き廻っている内面を、鋭敏に統御する強い意志を持って……

もとより私は武満徹の完成した音楽を聴く時、もっとも高い所に押し上げられるようにして感動した。しかし、ひとりで作曲している際のそのような姿をかいまみさせる様子で武満さんが坐《すわ》っている、その脇で、こちらも黙り込み、自分のいま現にやっている仕事の、乗り越えがたく・乗り越えてゆかなければならない困難を思っている、その時間が、およそほかにくらべようもなく大切だったのである。

そういう時、私がつい武満さんに甘えて告白的になっていたとしたら、——自分にいかに文学を作り出す能力がないか、とかきくどくようなことをしただろう。私の性癖で、できるかぎり奇態な滑稽さにひねった語り口もとったにちがいないが。そして、その時、武満さんが、キッとこちらを冷たいほど澄んだ眼で見て、——そうだよ、きみには文学を作り出す能力がない！　といったとしたら、私は茫然《ぼうぜん》自失して、ハラハラと涙をこぼす進み行きとなったのではあるまいか？

現にそうしたことになった一夜があった。それは武満徹がかれの愛したピーター・ゼルキンやリチャード・ストルツマンのために書いた曲を、大きいオーケストラとピーターたちの「タッシ」による協奏曲に書きあらためた年のことで、その暮に家を訪ねてくれた武満さんに、私がその改作を評価することで前作を批判し、武満さんが当然にやりかえし、ということになった際だった。長男の光は、武満さんが亡《な》くなった直後、小さな曲を作ったが、それは1夜、2けんか、3さよなら、とこの日の出来事をかれが心にきざんでいるままに名づけられるものだった。

2

小説家である自分の内面にはどういう構造があり、それがどのように働くか？　それを考えてみようとすると、いま書いた武満徹の脇でじっと沈黙していた自分のありさまが、手ごたえのある具体的なイメージとして浮んでくる。私も、武満さんにならうように耳を澄ましていたわけだ。やはり宇宙、世界、そして人間社会、また家族、自分の内面にひろがっている沈黙と測りあえる言葉を探しもとめて……

武満徹にもっとも近い友人だった詩人谷川俊太郎に『みみをすます』という美しい作品がある。この長い詩は、《きょうへとながれこむ／あしたの／まだきこえない／おがわのせせらぎに／みみをすます》と結ばれている。谷川さんはこの詩のすくなくとも一部分を、さきのような内面をかかえて鬱屈《うっくつ》している武満さんを力づける歌として書いたのじゃないだろうか？　私のような小説家も、その歌を脇で聴くことによって励まされるのである。

――あなたは小説家として才能がある、と信じていますか？

小説家として、それこそ明日の小川のせせらぎとでもいうしかないものに耳をすましている、さきに書いたような待機の状態にあって、あらためてこの言葉を耳もとでささやきかけられたとしよう。どういう言葉を返しうるものだろうか？　正直にいえば、こういう問いかけは、質問者にとってもそうではないかとすら思うけれど、すくなくとも問いかけられたこちらにとって本当に意味のあるものではない。才能がなければ、手ごたえはなにもないものに耳をじっと澄ましている、しかも浮びあがってくるものに対しては、いや、それではないと強く拒否の心が働く、そういう奇妙な状態に追いつめられることもなかっただろう。しかし、そうした才能があるくらいのことで、いま出くわしている難所を乗り越えられる、というものでもない。現に四十年近く、私はこのように耳を澄ませてきた。なんとか乗り越え、乗り越えして書いたものは、現に『大江健三郎小説』に集成されている。しかもなお、次作に向けて私はこれまでなにひとつ書いてこなかった者のようにして、じっと耳を澄ますほかない……

3

若い頃には、深夜ひとりで眼ざめている時間にのみ、小説を書いたものだ。光がいくらか成長したために、かえって脇で見張っていることが必要になると、私は生活のパターンをあらためて、朝早くから、かれと一緒の生活空間で小説を書くようになった。この障害を持つ長男との暮しを主題にテレヴィ作品が作られた時、視聴者からの投書の幾つかに、あなたが部屋の内側に向かって小説を書いているのは不自然じゃないか、作家の机は一般に窓の外に向けてすえられるものじゃないか、という疑いが示された。しかしすでにのべた理由で、私は、光が食卓に向かって掛けたり絨緞《じゅうたん》に寝そべったりして音楽を聴き・作曲する様子を見やりながら、膝《ひざ》の画板に載せた紙に小説を書いているのである。

しかし、初めに書いたとおり、若い頃はそうではなかった。私が書斎の机に向かって仕事を始める時、すぐ脇の寝室に入る身仕度をした妻が、ちょっと声をかけてくる。それに答えると、もう私に家庭という思いはなく、すぐさま小説に没頭したものだ。進行中の小説の話を妻にすることも、すくなくともそのある時点まではない。武満さんが、そのようにして進行している小説が置かれている書斎の机を、私の居ない合間に見たと書いていられる。そこまで案内したはずの妻にも、こうした状態の書斎を覗《のぞ》くのはめずらしかったのではないか？　ともかくそうした孤独な作業が続き、小説がある段階まで進むと、そのうち仕事をしているのが短篇であれ長篇であれ、私は妻に次のようなことを告げる進み行きになるのだった。たいていは、夜明け方に寝て、正午近くやっと起き出してきた朝食のテーブルで、――あれがやって来た、もう大丈夫だ。

小説を書き出す前か、いくらか書いていてもなお五里霧中という状態で、ひたすら言葉に向かって耳を澄ましている内部感覚についてはさきに書いた。あれというのは、それと対《つい》をなしている感覚のように思われるけれど、手ごたえとしていうかぎりまったく逆のものだ。そのあれのことを、小説家ならば誰にもなじみ深いものかも知れないのだが、これまで正面切って考えてみたことがないので、ここでやってみようと思う。

小説を書き始める前に、準備的な調査や取材までして、細部にわたり計画をかためておくという作家はいる。そのようにしてしか小説を書き始めることはない、とすくなくとも言いはる作家は多い。たとえば三島由紀夫は、最後の一行が定まらないうちは筆をとらない、という評判だった。

じつは私も、小説を書き始めてからの数年間、それがどのようなかたちをとって終る小説かについて、最初にかためておこうと腐心したものだ。最後の一行とまではいわぬまでも——それがあまり意味を持たぬ、ということには早く気がついていた——小説の終り方については、それを決定しておかなければ不安だった。『個人的な体験』のしめくくりの部分に、それがあらわに出ている。この小説は、書いてゆく勢いとして自覚されていたかぎりでも、若い父親が障害を持って生まれた子供を引き受けて生きてゆくことを決意したところで最高の水位に達する、とわかっていた。鉈《なた》で叩《たた》き切るように、そこで小説を断ち切ってよかったのだった。

ところがまだ若い小説家である私には、小説を書き始める前に考えたプランが棄《す》てられなかったのだ。主人公鳥《バード》がもうまったく子供ではないと客観的に認知されるシーン、それにつないでの、小説の最初に出てくる不良少年たちとの格闘のシーンとシンメトリーをなすような、かたちを変えての再現。そのラストの構想にこだわってしまったのだ。三島由紀夫による批判の、これではプロデューサーにハッピー・エンドで終らねばならぬと言いふくめられた監督のようだ、という否定はあたっていた。小説は最初の構想のままに終らねばならぬと確信をこめて公言していたのは、ほかならぬこの人であったけれども。

　小説を書くための心理状態の管理をいうならば、長篇であればなおさらのこと、書きすすめてゆくその日の労働がカヴァーしうる部分より遠くを見てはならない。むしろ前方のことは放っておいて、その日の労働にのみ自分を集中させうるかどうかが、職業上の秘訣《ひけつ》である。私が経験によってそれを知ったのは『万延元年のフットボール』を書く際のことだった。

　私が長篇を書いてゆく上で訪れるあれの力をはっきり認識したのも、一回の分量の多い連載という発表形式に苦しみながら、この小説を書いていた間のことなのだ。最後の「再審」という章。連載の後半になって担当の編集者徳島高義が予定に加えてもう一回をあたえてくれたことに、直接「再審」の章の成立は関わっている。小説の経過を見るうち、なおスペースが必要だと感じとられていたのだろう。私自身も、森のなかの父祖の土地に帰った根所兄弟の弟の自殺が、物語の終りを全部支えねばならないという、それまでの進み行きに不満を感じていた。それでいいならば、小説は最終章のひとつ前の章ですべて包み込みうるはずであったけれども。

　おそらく当の章の前半を書いていた時だっただろう。一九六〇年代における根所兄弟のそれぞれの行動の指針をなしていた百年前の父祖の行動について、それまでの伝承をまるごと引っくりかえしてしまう根拠が、向こうから私を襲うようにして発想されたのである。倉屋敷を買い取った谷間の新勢力が、解体作業を進めるうち、百年間隠されていた地下室を発見する。弟にとって激しい行動のモデルだった百年前の父祖の生にまったく対蹠《たいしょ》的な意味づけをさせる照射が地下室からなされるのだ。そこで、後に残された兄の再生への始動が可能になる。それが結局はアフリカへの旅だちであることについての批判もあったが、私はそれを正しい批評だと思いつつも、この結末に満足した。

　初め、このようにして小説が新しい展開を示して終るという構想は、私にまったくなかったのだ。そしてそれを生んだ強い発想は、終りの前の章後半を書いているうちに、あれとしてやって来たのだった。あれとは、日々小説の文章を書きついでゆく精神と肉体の運動が滑走路を準備して、そこから自分にも思いがけない滑空に向けて走ることになり、それまで地続きに展開していた小説が別の次元に到《いた》る、それをもたらす力である。そのようにあれはやって来る。そして『万延元年のフットボール』であきらかに意識してみると、それはその以前の短篇においても、小規模ながらつねにあったことが自覚された。あれがやって来てはじめて、私はわれを忘れて集中し小説を書き進めることになり、その昂揚《こうよう》したスピードで小説を終らせるのがつねだったのだから。

　やはり三島由紀夫が、小説を書き終った際の感情には他者のおそらくうかがい知りえぬ喜ばしいものがある、と書いた。かれの最後の大作の完成と、その翌日だったかの自衛隊駐屯地への乱入とは、当の昂揚感においてつながっていたのだろう。

私自身は、永く小説を書き、あれがやって来て小説が終るまでの昂揚感を経験することを重ねるうち、自分の昂揚自体を警戒するようになった。そこで、昂揚して書きあげた作品を、また平静に戻った——仮に躁鬱という言葉を使っていうなら、あきらかに躁は去って鬱状態にある——自分によって書きあらためてゆく創作過程を、私は自分に課することにした。

すくなくとも二度、そしてしばしば三度となる改稿の作業は、およそ昂揚状態で突っ走ることができるというものではない。すでにのべたがそれは書くことの喜びをともなわない。しかし、最初の草稿を書く際の、自分に新しい作品が作れるかという根深い不安ならもう克服されているのである。なぜなら、もう一度すでにあれは来ているのだからだ。

そこであれの性格を考えるために役立つ手がかりが浮上してくる。——あなたは小説家として才能がある、と信じていますか？　という気の滅《め》入《い》る呼びかけは、最初の草稿を書いている時にこそたえず響いてくるのだが、あれがやって来た段階ではもうその残響も聞こえることはなく、改稿に入ってからその揺り戻しに苦しむことはたえてないからである。

つまりは、あれが才能のしるしなのだ、とここで定義することにしよう。だからといって、あれがやって来て完成した自分の小説がすべて成功作で、それらの作品が小説家としての自分の才能を証明している、とは思わぬのである。書きあげた作品の評価については、小説家自身、かなり冷静に判断できるものだ。時がたてばなおさらに。私がさきの定義でいいたかったのは、あれがやって来ることがなければ、小説家は自分が小説の書き手だと真に自覚することはできない、ということのみである。

谷川俊太郎と話して納得したことだが、詩人は、それをインスピレーションの到来と素直に受けとめることができる人たちのようだ。谷川さんという詩人のなかの詩人が、詩を書くことについて楽観的だとは決して思わないけれども。

小説家である自分にやって来るあれについて考えると、私の場合、それを純粋に他の条件と切り離されたものとして、頭上に舞いおりて来るインスピレーションのようにみなすことはできない。まずそれなしで小説の文章を書き進めてゆく過程が必要だ。具体的に滑走路を造ることなしでは、あれはやって来ないのである。その証拠に、小説を書く前に、あるいは小説を書いていてもなんらかの理由でそこから離れている間に、自分にやって来るめざましいような構想は、実際にそれで書いてみると、他愛《たわい》ない思いつきだったことがすぐあきらかとなる。

そこで私は、最初に書いた、この宇宙、世界そして人間の社会、個の内部へと耳を澄まし、眼を見開くようにして、そこをみたしている沈黙と測りあう言葉を探す自分、というところに立ち戻るのである。小説の草稿を、それもノート段階でなく、ひとつの全体をめざして書き始め、書き進めてゆく時、そこに積み重ってゆく言葉こそが、現にいま書いている自分と、大きい沈黙に耳を澄まし眼を見開いている自分との間に橋をかける。私がこれまで滑走路と呼んでいたものは、むしろ橋とこそ呼ぶべきだったろう。

その橋がかかった時——あれが来た時——私は小説家としてこの宇宙、世界、人間の社会に、独自の内面をそなえた個として、本当に生きている。それは自分に才能があるかどうかを確かめるよりもっと重要なことだ。それは、あるいはそのようにして書きあげた作品自体よりも、なお本質的なものの達成であるかも知れないのだから。

私は四十年近くそれを経験してきた。それによって私は自分という小説家を作った。そのようにして現在の自分が生きている。そしてそのような自分の死を、遠いものとしてでなく見つめはじめているのでもある。

4

この国では、決して大きい仕事をなしとげたとはいえない歴史学者や文学研究家、国家の芸術機関の権力者でもある作家などが、その晩年に、国を憂える言論を始めてベストセラーにすらなることがある。それはケナンやトムソンやトーマスが、世界を憂《うれ》えることで地道な本を書くのと逆だ。そういう新出来の愛国者を待ち迎える傾向は、この国のナショナリズム肥大化の勢いのなかでさらに栄えることだろう。それは、すでに国内でのみならず海外から見ても、新しく奇怪な日本人像を提供する役割もはたしている。

それらを見て気がつくのは、老齢に達して遺言のようにであれ、国を憂える文章を書かずにはいられないという動機づけが、ことごとくウソだ、ということなのだ。かれらは自分の本来の仕事において、書くことがなくなったにすぎない。それはつまり、かれらの生涯の仕事が、本質的な積み重ねとそこからの自然な結実に無縁なものだったことをあかしだてる。あなた方が国を憂えるのもいいが、それよりもっとやらねばならぬことがあるのではないか？　あなた自身を――その魂を、とまではいわないけれど――憂えることもしなくてはならないのではないか、あなたのいうとおりもう持ち時間は少ないのだから！

持ち時間といえば、私も『燃え上る緑の木』の連作を書き終える頃になって、小説家としての生をしめくくる必要を感じていた。その引鉄《ひきがね》となった出来事としては、光の積み上げてきた作曲が理解にみちた演奏家たちによって演奏され、CDにもなって、社会との間に理解関係のルートを直接開いたということがあった。かれが作曲を始めるまで成長した頃から、とくに『新しい人よ眼ざめよ』とそれに続く作品で、私は執筆動機のすくなくとも二分の一は、かれの内面とかれとの共生の内的事情を描くことに置くようになっていた。私としてそこには、家庭内でのわずかな言葉と身ぶり、またそのように、あること自体によってのみ自己表現している光を、一般的に開かれた言葉のメディアに媒介したい気持があった。ところがかれの音楽がメディアに結ばれてみると、私には代理の表現者としての自分の役割が余剰なものに感じられたのだ。

それに私はといえば、それこそ自分の魂の問題をあきらかに憂えなければならないのだった。持ち時間は、真実、少なくなっている！　その物理的な切迫感にあわせて、私には小説のナラティヴについての、永く持ち越してきている課題があった。それは小説の書き方の問題だが、しかしそれのみならず、この小説のナラティヴで魂の問題を語り始めてしまうと、課題の究極の解法には到らないまま表現をすることになってしまうのではないか？　こうした疑いも育ってきていた。

つまり自分の頭のなかでよくつきつめていないままに、小説のナラティヴを始めてしまうことは不可能でない。永年の小説家としての経験がもたらした人生の習慣は、ついに究極の課題を考えつめることなしに、死を迎えさせるのではないか？　反面、小説によってしかつきつめえぬことがあり、それは小説の機構の力によって、小説家の意識を超えて達成されるものであるとも、私はやはり小説家の人生の習慣から知っているようであったのだが……

私は、少なくなった持ち時間のなかで、一歩を進めたいと思った。そして、不信仰者としての軽薄を自覚しないのではないが、ともかくスピノザの「神」の定義に、自分をもっとも自由にし、かつさらなる深化を夢みさせるものを感じていた。そこでこの思想家とその研究書を読むだけのために、残り時間を有効に使いたいとねがったのだった。そこで私は一九九四年初めそれを開始した。小説のナラティヴをつうじてもっとも切実な課題を考えるという態度を、自分から取り除いてしまうこと。スピノザに集中すること。転換は迅速に行わねばならなかった。そして、すでにたかまっていた内部の水位は、私の予想していたよりずっと早く、転換の水車を廻した。

そしてその期間にかさなって、武満徹が困難な病気にとらえられ、勇敢な闘病の後、先行してしまうということがあった。武満さんは、病床で、残り時間をただ音楽に集中するために、中心のプログラムから外に張り出している羽根を切りおとすようにして、新しい構想を立てていられた。私はあらためて、あの宇宙と世界と人間社会、そして個の内部に、大きい沈黙と測りあう音を探している人の姿を見た。これまでになく、さらに深ぶかとして暗い内面と、その暗いままの明晰《めいせき》な把握とをなしとげてゆかれる姿を。それを見守っていた後、かれの死に接して私に湧《わ》き起ったのは、いまや自分に確かなものは小説家としての人生の習慣しかなく、それをつうじてでなければ、永遠の武満徹の前に立てない、という新しい思いなのだった。

人間を壊さずに作っていく方法について

沼野充義

凶悪な少年犯罪が相次ぐ世相のなかで、最近、「人を壊す」とか「人が壊れる」といった表現をしばしば耳にするようになった。日本語は元来、人とモノを比較的はっきり区別する言語なのだが、これでは人がモノと同じように扱われてしまっている。人間性崩壊の時代の象徴のような言葉遣いだけに気になっていたのだが、改めて考えて見ると、はるか三十年も前にすでに、人間を「壊れもの」と呼んでいた作家がいることに思い当たった。大江健三郎だ。一九七〇年に出版された彼の評論集は、『壊れものとしての人間』と題されており、人間が駅や空港の荷物置き場で「取扱注意」と張り紙された物と同じように脆《もろ》い「壊れもの」であることを主張していたのである。ぼくはこの本を高校生になったばかりの頃、買って読んだのだが——いや、高校生には歯が立たないほど難解な本だったので、より正確には「読もうとした」と言うべきだろうが——人間を「壊れもの」と呼ぶ表現の新奇さに驚かされたことをよく覚えている。その言葉がいま日常的に瀰漫《びまん》する無気味な雰囲気を先取りしていたとすれば、作家にはなんと鋭い、未来を見とおす予見の能力が備わっていたことだろうか。彼はこんな風に書いていた。

人間がまことに脆い壊れものであり、fragileな存在であることを、特別敏感に意識しながら、しかもなお暴力的なるものにかかわってゆこうとする、特殊な人間の所在を示す信号が、様ざまな場所から発せられてくると、ぼくはそれに無関心ですますことのできたためしがなかった。

この評論集が書かれたのは、六〇年代末の「学生叛乱《はんらん》」の余熱がまだ冷めやらないころで、政治的な「状況」にコミットし、社会問題について積極的に発言しようとする作家の姿勢もかなりはっきりしていた。そんな「政治の季節」に作家を取り巻く空気には、二十一世紀初頭のいまよりももっとはっきりと、肌で感じられるような暴力のきな臭いにおいが漂っていたのかも知れない。作家個人の次元で見ても、私生活の面では長男が脳に奇形を持って生まれるという大事件があり、執筆活動の上では『ヒロシマ・ノート』、『沖縄ノート』といった社会的ルポルタージュを通じて戦争や原爆の暴力にさらされた人間たちの状況を探るという重い経験があり、暴力は当時の大江健三郎にとって抽象的なものではなく、自分に直接関わる差し迫った問題であり、それをどう「生き延び」救済への道を探るかということが、その後の作家の道のりであったと要約しても過言ではないだろう。『壊れものとしての人間』に収められた「核時代の暴君殺し」という章の末尾で、大江は長男が生まれたときの衝撃について語り、反射的に自殺を想像したということまで記しているが、その章はしかし、新たな生への志向を再確認することで結ばれる。

ぼくは［……］翌朝あらためて病院にでかけてゆくと、壊れものとしての人間たる自分自身と息子との、これから共同でになってゆくべき生存の手つづきを、はじめて自発的に確認した。

『私という小説家の作り方』の解説に入る前に、回り道を承知で、その四半世紀も前に書かれた『壊れものとしての人間』のことをやや長々しく取り上げたのは、この二書の表題の間に（もちろんそれは表題だけの問題ではないが）深いところで呼び交わすものがあると考えたからだ。「壊れものとしての人間」というタイトルが奇妙だったのと同じくらい、「私という小説家の作り方」というタイトルも奇妙である。世の中に溢《あふ》れるハウ・ツーものの実用書を連想させるようなパロディ的タイトルで、大江健三郎には珍しい軽い諧謔味《かいぎゃくみ》を帯びていると言ってもいいかも知れない。しかし、それは表面だけのことで、根底にはもっと切実なモチーフがこめられているのではないか。傍からはたとえたいして波瀾《はらん》も冒険もない平穏そうなものに見えようとも、実際には「壊れもの」として暴力や狂気や絶望の脅威に外からも内からもさらされ、下手をすれば形を失ってばらばらになりかねない生を生きてきた。そんな作家が壊れものとしての自らを形あるものに文字通り「作って」きた生涯が、ここでは方法論的に振り返られているのだ。「作り方」というのは単なる気の利《き》いた比喩《ひゆ》ではない。本書で彼はこう回顧している。

私は四十年近くそれを経験してきた。それによって私は自分という小説家を作った。そのようにして現在の自分が生きている。そしてそのような自分の死を、遠いものとしてでなく見つめはじめているのでもある。（傍点引用者。なお「それ」とは、小説を書き上げるのに不可欠な昂揚感《こうようかん》を指しているが、独特の概念なので、詳しくは本書第十章を参照していただきたい）

肝心なのは、気がついたらいつの間にかひとりでに作家に「なっていた」のでもなければ、天から降ってわいたインスピレーションのおかげで「作られた」わけでもない、ということだ。自分を意識的に小説家として「作る」ためには、方法論が必要であり、本書で語られているのはまさにその方法論なのである。これは少々うがち過ぎの推測かも知れないのだが、このタイトル自体、ひょっとするとロシア・フォルマリズムの文学理論を念頭に置いたものかもしれない。この潮流の代表的な論客の一人、ボリス・エイヘンバウムには「ゴーゴリの『外套《がいとう》』はいかに作られているか」という有名な論文があり、このタイトルのミソは、普通「書かれる」ものであるはずの小説がここではまるで品物（外套）と同じように「作られる」「仕立てられる」ものとして提示されている点にある。それと同様に、大江健三郎のいう「小説家の作り方」は明かにフォルマリズム的な用語法である。すでによく知られているように、ロシア・フォルマリズムは、それまでロシアで一般的だった思想的・人生論的な文学の読み方から読者を解放し、文学作品はまさに「作られる」ものであり、そこには形があり、それは科学的に分析が可能だということを示してくれた。そして、そういった分析に基づけば、作り方についての方法論もまた可能なはずだということになるわけだが、小説家としての大江健三郎の生涯は、様々な本を読みながら、まさにこの方法論を手探りで自分のために編み出すプロセスだった。方法論に関して無自覚な当時の日本の文壇を批判しながら（その批判はきわめて正当なものであり、残念ながら今日の文壇にもかなりの程度当てはまるだろう）、彼はこう書いている。

ただ、小説はこのように書かれるものだという、いわば構造分析に立つ、その方法についての書物は、当時の私には見つからなかった。小説に方法はあっても方法論はないというような驚くべき論説が、生涯確かに自力で方法論を築きあげることはないだろうと思われる文学研究家、批評家によって振りかざされる時代だった。（本書第五章）

文壇の大勢に逆らうようにして、大江健三郎がどうしてそれほど方法論にこだわったのかと言えば、もちろん作家個人の資質ということもあるだろうが、あまりに若いころに、それこそ「青春時のアイデンティティーすら確立してない」時点に作家としてデビューしてしまったという特殊な事情もある。「早く始めてしまった文学的生活を、中だるみせず、末ぼそりにもならぬ仕方」で作家として走り続けるためには、やはり方法論が必要だった。大江の場合それは当然のことながら、人よりも早くつばをつけて欧米の最新文芸批評理論を輸入することに汲々《きゆうきゆう》としていた外国文学者の机上の空論とはまったく違う、もっと実践的なものだった。「小説の方法について考えながら読むこと、その方法を意識しながら小説を書くこと」――彼の作家としての人生はまさにこのように、方法的に読み・書くことの積み重ねだったのだ。

『私という小説家の作り方』という本が、一種の自伝でありながら、通俗的な意味での伝記的事実をあまり含まず（だから、作家がいつ未来の妻と出会ってどのような恋愛をしたかとか、文壇で誰と喧嘩《けんか》をし、誰とどんな雑談をしたかといったゴシップめいた情報を期待してはいけない）、もっぱら本をめぐる回想になっているのも、それがこの作家の人生の中核をなすものだったからに他ならない。多くの場合、本を読むことは、本当の体験とは呼べない、人生にとって一種の飾りのようなものとして扱われがちだが、大江健三郎の場合、本を読み、そこから方法論を学び取って、自ら本を書くという限りなき連鎖こそが、私生活の中心をなすものだった。しかも、事情を複雑にしているのは、彼が引用を積極的にすることによって、自分の作品を豊かにしていくタイプの作家だということである。そのうえ、引用は、他人の作品からだけでなく、自分の作品からもしばしば行なわれる。こうして、他人の本を読み、それを方法論的に引用しながら自分の本を書き、その自分の本を引用しながらまた新たな本を書き、そうして本を書いていくという経験そのものが自分を作っていくと同時に、自分の書いた本の中で起こったことが実生活において起こった出来事同様の強いリアリティをもって立ち上がり、それらの総体が渾然《こんぜん》一体となって織り成すものが作家の生涯となる——それが『私という小説家の作り方』の内容だ。ここには密林の冒険旅行もなければ、壮麗豪華な宮殿もないけれども、読者の目の前で展開する人生と文学の交錯と呼び交わしには何か目くるめくようなものがある。

それにしても、なんと豊かで深い読書体験だろうか。本書で作家にとって特に重要な意味を持った作家や詩人、評論家として取り上げられている主な名前だけでも、順不同で列挙してみよう。マーク・トウエイン（『ハックルベリー・フィンの冒険』）、ウィリアム・ブレイク、エリオット、オーデン、ダンテ（『神曲』）、W・B・イェーツ、R・S・トーマス、バシュラール、バフチン、マルカム・ラウリー、ドストエフスキー、フォークナー。ここに挙げられた名前の数は作家の膨大な読書量からすると多くないように見えるかも知れないが、それは長い人生の経験を通じて濾過《ろか》されて残ったものだからだろう。こうした名前を眺めていて気がつくのは、日本文学の比重が小さいということだ。日本人の著作家で作家に大きな影響を与えた人物として本書に登場するのは、フランス文学者の渡辺一夫と文化人類学者の山口昌男くらいのもので、少なくとも一九七〇年代半ばくらいまでは作家の関心の中心にあったはずの日本の戦後文学者たちもここでは影が薄い。さらに、日本の江戸時代以前の古典文学もほとんど出てこない。これはある意味では異様なことだ。本書を書いていたころ、大江健三郎はすでに六〇歳を越えていたが、多くの場合、日本の作家はそのくらいの年齢になると、日本の伝統的な美学に回帰していく姿勢を強めるものである。ところが、大江は決して伝統に安易に回帰しようとはしない。つねに世界文学の土俵のうえに立ち、源氏物語や井原西鶴よりもブレイクやドストエフスキーをより身近に感じているということが、この作家の場合、衒学《げんがく》趣味ではなく、ごく自然な生き方として実現している。それはまた、彼の姿勢をいつまでも世界に向けて開いていくものだ。

本書はもともと、『大江健三郎小説』全十巻（新潮社、一九九六〜九七年）の月報として書かれた。この著作集が作家のそれまでの仕事のとりあえずの総決算という趣のものだっただけに、月報の文章のほうも、それなりの締め括《くく》りといった雰囲気をどことなく漂わせてはいる。しかし、小説を書こうとする作家の姿は決して過去の遺産の中にとどまされはしない。本書の一番最後の文章を見ただけでもそれはよくわかるだろう。親しかった作曲家の武満徹の死に際して、作家は「永遠の武満徹の前に」小説家としての人生の習慣を通じて立とうという「新しい思い」を抱くのだ。そして、この「新しい思い」こそが新しい作品を生み出す力となる。そんな大江健三郎が結局のところいつまでも「最後の小説」にたどり着けず、本書の後にも、『宙返り』や『取り替え子《チェンジリング》』といった新しい小説を次々と発表し続けていることは、読者にとって、そして日本文学にとって大きな幸運である。

（二〇〇一年二月、ロシア文学）

この作品は平成十年四月新潮社より刊行されたものである。
文庫版の作成にあたって、いくつかの訂正が加えられた。

大江健三郎著

死者の奢り・飼育

芥川賞受賞

黒人兵と寒村の子供たちとの惨劇を描く「飼育」等6編。豊饒なイメージを駆使して、閉ざされた状況下の生を追究した初期作品集。

大江健三郎著

われらの時代

遍在する自殺の機会に見張られながら生きてゆかざるをえない〝われらの時代〟。若者の性を通して閉塞状況の打破を模索した野心作。

大江健三郎著

芽むしり仔撃ち

疫病の流行する山村に閉じこめられた非行少年たちの愛と友情にみちた共生感とその挫折。綿密な設定と新鮮なイメージで描かれた傑作。

大江健三郎著

性的人間

青年の性の渇望と行動を大胆に描いて波紋を投じた「性的人間」、政治少年の行動と心理を描いた「セヴンティーン」など問題作3編。

大江健三郎著

同時代ゲーム

四国の山奥に創建された《村＝国家＝小宇宙》が、大日本帝国と全面戦争に突入した!? 特異な構想力が産んだ現代文学の収穫。

大江健三郎著

燃えあがる緑の木

（第一部〜第三部）

森に伝承される奇跡の力を受け継いだ「新しいギー兄さん」。だが人々は彼を偽物と糾弾する。魂救済の根本問題を描き尽くす長編。

大江健三郎著
空の怪物アグイー

六〇年安保以後の不安な状況を背景に〝現代の恐怖と狂気〟を描く表題作ほか「不満足」「スパルタ教育」「敬老週間」「犬の世界」など。

大江健三郎著
見るまえに跳べ

処女作「奇妙な仕事」から3年後の「下降生活者」まで、時代の旗手としての名声と悪評の中で、充実した歩みを始めた時期の秀作10編。

大江健三郎著
われらの狂気を生き延びる道を教えよ

おそいくる時代の狂気と、自分の内部からあらわれてくる狂気にとらわれながら、核時代を生き延びる人間の絶望感と解放の道を描く。

大江健三郎著
個人的な体験
新潮社文学賞受賞

奇形に生れたわが子の死を願う青年の魂の遍歴と、絶望と背徳の日々。狂気の淵に瀕した現代人に再生の希望はあるのか？ 力作長編。

大江健三郎著
ピンチランナー調書

地球の危機を救うべく「宇宙?」から派遣されたピンチランナー二人組！ 内ゲバ殺人から右翼パトロンまでをユーモラスに描く快作。

大江健三郎
古井由吉著
文学の淵を渡る

私たちは、何を読みどう書いてきたか。半世紀を超えて小説の最前線を走り続けてきたふたりの作家が語る、文学の過去・現在・未来。

筒井康隆著

エディプスの恋人

ある日、少年の頭上でボールが割れた。強い〝意志〟の力に守られた少年の謎を探るうち、テレパス七瀬は、いつしか少年を愛していた。

筒井康隆著

富豪刑事

キャデラックを乗り廻し、最高のハバナの葉巻をくわえた富豪刑事こと、神戸大助が難事件を解決してゆく。金を湯水のように使って。

筒井康隆著

最後の喫煙者
―自選ドタバタ傑作集1―

「ドタバタ」とは手足がケイレンし、耳から脳がこぼれるほど笑ってしまう小説のこと。ツツイ中毒必至の自選爆笑傑作集第一弾！

筒井康隆著

パプリカ

ヒロインは他人の夢に侵入できる夢探偵パプリカ。究極の精神医療マシンの争奪戦は夢と現実の境界を壊し、世界は未体験ゾーンに！

筒井康隆著

聖痕

あまりの美貌ゆえ性器を切り取られた少年は救い主となれるか？　現代文学の巨匠が小説技術の粋を尽して描く数奇極まる「聖人伝」。

小澤征爾
武満徹著

音楽

音楽との出会い、恩師カラヤンやストラヴィンスキーのこと、現代音楽の可能性――日本を代表する音楽家二人の鋭い提言。写真多数。

マーク・トウェイン
村岡花子訳

ハックルベリイ・フィンの冒険

トムとハックは盗賊の金貨を発見して大金持になったが、彼らの悪童ぶりはいっそう激しく冒険また冒険。アメリカ文学の最高傑作。

C・ドイル
延原謙訳

シャーロック・ホームズの冒険

ロンドンにまき起る奇怪な事件を追う名探偵シャーロック・ホームズの推理が冴える第一短編集。「赤髪組合」「唇の捩れた男」等、10編。

C・ドイル
延原謙訳

緋色の研究

名探偵とワトスンの最初の出会いののち、空家でアメリカ人の死体が発見され、続いて第二の殺人事件が……。ホームズ初登場の長編。

ドストエフスキー
木村浩訳

白痴（上・下）

白痴と呼ばれる純真なムイシュキン公爵を襲う悲しい破局……作者の〝無条件に美しい人間〟を創造しようとした意図が結実した傑作。

ドストエフスキー
木村浩訳

貧しき人びと

世間から侮蔑の目で見られている小心で善良な小役人マカール・ジェーヴシキンと薄幸の乙女ワーレンカの不幸な恋を描いた処女作。

ドストエフスキー
千種堅訳

永遠の夫

妻は次々と愛人を替えていくのに、その妻にしがみついているしか能のない〝永遠の夫〟トルソーツキイの深層心理を鮮やかに照射する。

ドストエフスキー
原卓也訳

カラマーゾフの兄弟（上・中・下）

カラマーゾフの三人兄弟を中心に、十九世紀のロシア社会に生きる人間の愛憎うずまく地獄絵を描き、人間と神の問題を追究した大作。

ドストエフスキー
江川卓訳

悪霊（上・下）

無神論的革命思想を悪霊に見立て、それに憑かれた人々の破滅を実在の事件をもとに描く。文豪の、文学的思想的探究の頂点に立つ大作。

ドストエフスキー
小笠原豊樹訳

虐げられた人びと

青年貴族アリョーシャと清純な娘ナターシャの悲恋を中心に、農奴解放、ブルジョア社会へ移り変わる混乱の時代に生きた人々を描く。

ドストエフスキー
工藤精一郎訳

罪と罰（上・下）

独自の犯罪哲学によって、高利貸の老婆を殺し財産を奪った貧しい学生ラスコーリニコフ。良心の呵責に苦しむ彼の魂の遍歴を辿る名作。

バルザック
石井晴一訳

谷間の百合

充たされない結婚生活を送るモルソフ伯爵夫人の心に忍びこむ純真な青年フェリックスの存在。彼女は凄じい内心の葛藤に悩むが……。

バルザック
平岡篤頼訳

ゴリオ爺さん

華やかなパリ社交界に暮す二人の娘に全財産を注ぎこみ屋根裏部屋で窮死するゴリオ爺さん。娘ゆえの自己犠牲に破滅する父親の悲劇。

フォークナー
加島祥造訳
八月の光
人種偏見に異様な情熱をもやす米国南部社会に対して反逆し、殺人と凌辱の果てに逮捕され、惨殺された黒人混血児クリスマスの悲劇。

フォークナー
加島祥造訳
サンクチュアリ
ミシシッピー州の町に展開する醜悪陰惨な場面――ドライブ中の事故から始まった、女子大生をめぐる異常な性的事件を描く問題作。

龍口直太郎訳
フォークナー短編集
アメリカ南部の退廃した生活や暴力的犯罪の現実を、斬新な独特の手法で捉えたノーベル賞受賞作家フォークナーの代表作を収める。

T・マン
高橋義孝訳
トニオ・クレーゲル
ヴェニスに死す
ノーベル文学賞受賞
美と倫理、感性と理性、感情と思想のように相反する二つの力の板ばさみになった芸術家の苦悩と、芸術を求める生を描く初期作品集。

T・マン
高橋義孝訳
魔の山
(上・下)
死と病苦、無為と頽廃の支配する高原療養所で療養する青年カストルプの体験を通して、生と死の谷間を彷徨する人々の苦闘を描く。

ディケンズ
中野好夫訳
デイヴィッド・コパフィールド
(一～四)
逆境にあっても人間への信頼を失わず、作家として大成したデイヴィッドと彼をめぐる精彩にみちた人間群像！　英文豪の自伝的長編。

S・モーム
中野好夫訳
雨・赤毛
―モーム短篇集Ⅰ―
南洋の小島で降り続く長雨に理性をかき乱されてしまう宣教師の悲劇を描く「雨」など、意表をつく結末に著者の本領が発揮された3編。

S・モーム
金原瑞人訳
英国諜報員アシェンデン
国際社会を舞台に暗躍するスパイが愛と裏切りと革命の果てに立ち現れる人間の真実を目撃する。文豪による古典エンターテイメント。

S・モーム
中野好夫訳
人間の絆（上・下）
不幸な境遇に生まれ、人生に躓き、悩みつつ成長して行く主人公の半生に託して、誠実な魂の遍歴を描く、文豪モームの精神的自伝。

ヘミングウェイ
高見浩訳
われらの時代・男だけの世界
―ヘミングウェイ全短編1―
パリ時代に書かれた、ヘミングウェイ文学の核心を成す清新な初期作品31編を収録。全短編を画期的な新訳でおくる、全3巻の第1巻。

ヘミングウェイ
高見浩訳
勝者に報酬はない・キリマンジャロの雪
―ヘミングウェイ全短編2―
激動の'30年代、ヘミングウェイは時代と人間を冷徹に捉え、数々の名作を放ってゆく。17編を収めた絶賛の新訳全短編シリーズ第2巻。

ヘミングウェイ
高見浩訳
蝶々と戦車・何を見ても何かを思いだす
―ヘミングウェイ全短編3―
炸裂する砲弾、絶望的な突撃。スペインの戦場で、作家の視線が何かを捉えた――生前未発表の7編など22編。決定版短編全集完結！

新潮文庫最新刊

朝井まかて著
輪舞曲《ロンド》
愛人兼パトロン、腐れ縁の恋人、火遊びの相手、生き別れの息子。早逝した女優をめぐる四人の男たち——。万華鏡のごとき長編小説。

藤沢周平著
義民が駆ける
突如命じられた三方国替え。荘内藩主・酒井家塁世の恩に報いるため、百姓は命を賭けて江戸を目指す。天保義民事件を描く歴史長編。

古野まほろ著
新任警視（上・下）
25歳の若き警察キャリアは武装カルト教団のテロを防げるか？　二重三重の騙し合いと大どんでん返し。究極の警察ミステリの誕生！

一木けい著
全部ゆるせたらいいのに
お酒に逃げる夫を止めたい。お酒に負けた父を捨てたい。家族に悩むすべての人びとへ捧ぐ、その理不尽で切実な愛を描く衝撃長編。

石原千秋編著
新潮ことばの扉
教科書で出会った名作小説一〇〇
こころ、走れメロス、ごんぎつね。懐かしくて新しい〈永遠の名作〉を今こそ読み返そう。全百作に深く鋭い「読みのポイント」つき！

伊藤祐靖著
邦人奪還
—自衛隊特殊部隊が動くとき—
北朝鮮軍がミサイル発射を画策。米国によるピンポイント爆撃の標的付近には、日本人拉致被害者が——。衝撃のドキュメントノベル。

新潮文庫最新刊

松原始著　カラスは飼えるか

頭の良さで知られながら、嫌われたりもするカラス。この身近な野鳥を愛してやまない研究者がカラスのかわいさ面白さを熱く語る。

五条紀夫著　クローズド　サスペンスヘブン

俺は、殺された――なのに、ここはどこだ？　天国屋敷に辿りついた6人の殺人被害者たち。「全員もう死んでる」特殊設定ミステリ爆誕。

A・ハンセン　M・ヴェンブラード　久山葉子訳　脱スマホ脳かんたんマニュアル

集中力がない、時間の使い方が下手、なんだか寝不足。スマホと脳の関係を知ればきっと悩みは解決！　大ベストセラーのジュニア版。

奥泉光著　死神の棋譜
将棋ペンクラブ大賞文芸部門優秀賞受賞

名人戦の最中、将棋会館に詰将棋の矢文を持ち込んだ男が消息を絶った。ライターの〈私〉は行方を追うが。究極の将棋ミステリ！

逢坂剛著　鏡影劇場（上・下）

この〈大迷宮〉には巧みな謎が多すぎる！　不思議な古文書、秘密めいた人間たち。虚実入れ子のミステリーは、脱出不能の〈結末〉へ。

白井智之著　名探偵のはらわた

史上最強の名探偵VS.史上最凶の殺人鬼。昭和史に残る極悪犯罪者たちが地獄から甦る。特殊設定・多重解決ミステリの鬼才による傑作。

新潮文庫最新刊

木内　昇著
占《うら》
いつの世も尽きぬ恋愛、家庭、仕事の悩み。"占い"に照らされた己の可能性を信じ、逞しく生きる女性たちの人生を描く七つの短編。

武田綾乃著
君と漕ぐ5
—ながとろ高校カヌー部の未来—
進路に悩む希衣、挫折を知る恵梨香。そして迎えたインターハイ、カヌー部みんなの夢は叶うのか——。結末に号泣必至の完結編。

中野京子著
画家とモデル
—宿命の出会い—
画家の前に立った素朴な人妻は変貌を遂げ、青年のヌードは封印された——。画布に刻まれた濃密にして深遠な関係を読み解く論集。

D・ヒッチェンズ
矢口　誠訳
はなればなれに
前科者の青年二人が孤独な少女と出会ったとき、底なしの闇が彼らを待ち受けていた——。ゴダール映画原作となった傑作青春犯罪小説。

北村　薫著
雪　月　花
—謎解き私小説—
ワトソンのミドルネームや"覆面作家"のペンネームの秘密など、本にまつわる数々の謎。手がかりを求め、本から本への旅は続く！

梨木香歩著
村田エフェンディ滞土録
19世紀末のトルコ。留学生・村田が異国の友人らと過ごしたかけがえのない日々。やがて彼らを待つ運命は。胸を打つ青春メモワール。

私《わたし》という小説《しようせつ》家《か》の作《つく》り方《かた》

新潮文庫　　お－9－21

平成十三年四月一日発行
令和五年四月五日五刷

著者　大《おお》江《え》健《けん》三《ざぶ》郎《ろう》

発行者　佐藤隆信

発行所　株式会社新潮社

郵便番号　一六二―八七一一
東京都新宿区矢来町七一
電話　編集部(〇三)三二六六―五四四〇
　　　読者係(〇三)三二六六―五一一一
https://www.shinchosha.co.jp

価格はカバーに表示してあります。

乱丁・落丁本は、ご面倒ですが小社読者係宛ご送付ください。送料小社負担にてお取替えいたします。

印刷・株式会社光邦　製本・株式会社植木製本所
© Kenzaburô Ôe 1998 Printed in Japan

ISBN978-4-10-112621-0 C0195